KB033739

언제 어디서든 반드시 행복할 것

언제 어디서든 반드시 행복할 것

동그라미 지음

언젠간 나도 죽음이라는 이름 앞에서 한없이 작아지는 날이 찾아오겠지. 하나의 생명이라면 그 무엇이 되었든 거스를 수 없는 세상의 이치 같은 것이다. 그래서 가끔은 내가 쓴 이 문장들이 내게 유서 같은 것으로 생각할 때가 있다. 언젠가 내가 죽음과 함께하고 있을 때도 나의 글을 읽는 누군가에게 또다시 오늘을 살아갈 힘이 되길 바란다. 오늘의 유서는 어떤 글을 써 내려가더라도 누구 하나쯤은 내 글을 읽고 힘을 낼 수 있는 글을 쓰겠다는 것이다.

언제 이 책의 문장들에 모두 마침표가 찍히게 될지는 모르지만, 그동안 잘 버텨온 이 문장을 읽고 있는 당신에게 보내는 나의 짧은 위로다. 가끔은 공감하기도 하고, 내 문장을 읽으며 나를 위로하기도 하며 서로에게 힘이 되는 관계가 되었으면 좋겠다. 내가 쏘아 올린 작은 문장이 당신의 마음속에 안착할 수 있기를 바라며-.

1부

잠시 흔들리는 꽃 같은 겁니다

2부

숱한 날들을 지나왔음에

3부

모두에게 사랑받을 수 없지만

4부

나는 혼자가 아니기 때문에

사람이기 때문에 사소한 것에도 상처받을 수 있고 반대로 사소한 것에 힘을 얻을 수도 있는 겁니다. 생각보다 인간이라는 게 강한 존재는 아닙니다.

1 부

잠시 흔들리는 꽃 같은 겁니다

안녕 부산
안녕 서울

언제부터였는지 잘 기억은 나지 않지만 무작정 이곳 서울로 올라오는 게 내 꿈이었던 적이 있다. 꿈이라고 말하기에는 너무 거창하니 바람이었다고 표현하는 게 조금 더 매끄러울 것 같다. 그렇게 고향인 부산에서의 생활을 끝내고 준비도 제대로 되어 있지 않은 상태에서 무작정 서울로 올라왔다.

집을 나가 스스로의 힘으로 살아가는 건 이번이 처음이라 많이 서툴고 실수도 많은 생활을 할 테지만, 언제까지 이런 보호를 받으며 살아갈 수는 없으니 이제부터라도 나 스스로 한 사람의 몫을 할 수 있는 능력을 키워야지. 내가 받은 사랑을 되돌려 줄 수 있는 사람이 되려면 하나씩

차근차근 성장해나가지 않으면 안 되니까. 하지만 한 가지 중요한 건 절대 조급해하지 말자는 것이다. 이건 내가 서울을 올라오는 게 확정되었을 때부터 지금까지 계속 되뇌는 다짐 같은 것이다. 분명 앞으로 몇 달간은 생활고에 시달릴 수도 있을 것이고 미래에 대한 불안이라든가 그로 인해 자신감이나 자존감이 바닥을 치는 일이 있을 수도 있지만, 그건 전부 나의 조급함으로부터 시작되는 감정이기 때문에 최대한 나에게 여유를 주며 할 수 있는 일을 찾아서 해나가야 한다. 어찌 되었든 앞으로 어떻게 될지 아무것도 모르는 나의 서울 생활을 지금부터 시작한다.

삶
의
의
미

매일 같은 하루를 반복한다는 건 지극히 평범한 일상이라 상관없지만, 의미 없는 하루가 반복되는 건 그렇지 않다. 누구나 아는 사실이지 않은가. 생산적이지 못하더라도 무의미한 하루는 없어야 한다는 것쯤은 말이다. 아무것도 없는 것에서 어떠한 의미를 찾아낸다는 건 어려운 일이 아니라 불가능에 가까운 일이다. 사실 이 말에는 모순이 있다. 의미 있는 하루를 반복한다는 건 미래의 나를 위한 일들을 열심히 하며 살아간다는 건데, 과연 어떤 일이 의미가 있는 일이고 어떤 일이 무의미한 일인지 아직 잘 모른다는 것이다.

결론을 내리자면 의미 없는 날은 없다. 하지만 의미 있는 하루 또한 없다. 이렇게 내려야겠다. 이게 무슨 시답지 않은 소리냐고 생각할 수도 있겠지만 이게 내가 내린 결론이다. 의미를 부여해야 하는 삶을 살아가려 하지 말자. 하루하루가 의미가 있든 없든 열심히 살아가자.

의미 없는 날은 없다.
하지만 의미 있는 하루 또한 없다.
의미를 부여해야 하는 삶을 살지 말자.

어느덧 나에게 평범해진 일상이 누군가에게는 꿈꿔오던 행복일 수도 있다. 평범하다고 말은 하지만 이보다 더 행복할 수는 없을 만큼의 행복과 함께하고 있다. 평범해서 느끼지 못하는 행복인 것 같지만 분명히 이 평범한 일상은 내 생에서 누렸던 행복 중 단연 최고로 손꼽을 만큼 행복한 순간들이다. 언제까지 이렇게 살아갈 수는 없을 테지만 이런 행복을 누리며 살아갈 수 있는 이 시간을 소중히 간직해야지. 그래서 언젠간 이 시간이 끝나더라도 행복으로 가득했던 지금을 회상하면서 몇 날 며칠을 살아가야지.

마냥 행복할 수만은 없으니 가끔의 불행이 나를 찾아오더라도 지금 내가 누리고 있는 이 행복으로 어떻게든 버티며 다음 행복을 위해 살아가야지.

행복은 순간일 테지만,
추억은 영원하겠지.

채울 수 있을 만큼만

행복으로

어디에서 행복을 찾아야 할지 모르겠다면 당신이 좋아하는 날씨에 좋아하는 카페에 들러 좋아하는 노래를 들어보세요. 행복은 멀지 않은 가까운 곳에 있습니다. 누구나 행복을 누릴 수 있다는 말이에요. 다만 행복으로 모든 빈자리를 채우려 하지만 않는다면 말이죠.

언제 어디서든 반드시 행복할 것

뜻대로 살아갈 수는 없어도
나름대로 괜찮은 삶입니다.

의도치 않았던 곳에서
의도치 않게 행복이 올 수도 있으니까요.

죄는 아니지만
그런 느낌이 든다

　이사를 온 지 한 달쯤 지났다. 며칠 전 할머니의 기일이어서 부산 집에 다녀왔다. 서울로 올라오기 전부터 정해져 있던 일정이고 집을 떠나온 지 한 달밖에 지나지 않았기 때문에 별다른 감흥도 없었다. 3일 정도를 부산에 있었는데, 있는 동안 너무 답답하다는 느낌을 많이 받았다. 내가 그동안 살아왔던 곳이고 가장 편안했던 곳인데 너무 답답하고 갑갑하다는 느낌밖에 없었다. 서울 사는 친누나가 가끔 집에 내려오곤 할 때 항상 겪던 증상과 매우 흡사했다. 왜 그런지 이유를 곰곰이 생각해 봤는데 이렇다 할 이유를 찾지 못했다. 단지 부모님의 곁에 있는 게 좋다는 이유로 며칠을 더 있으려고 했지만 3일이 최대였던 것 같다. 이유는 잘 모르겠다.

서울에서의 생활과 크게 다를 건 없는데 내가 있어야
할 곳이 아닌 것 같은 느낌이 들었다. 혼자 지내는 것이 더
편해져서 그러는 것만 아니었으면 좋겠다. 만약 그런 것이
라면 속상하다는 말로는 표현하지 못할 허탈감이 들 것 같
다. 지금 그저 예민하게 생각하는 것일 수도 있지만, 감정
에 따라 이런 생각을 한다는 것 자체가 속상할 것 같다. 잘
못한 건 아니지만 죄를 지은 느낌이라고 해야 하나 아무튼
그런 느낌이다.

공
허

혼자인 게 익숙해졌다. 그래서 누군가와 시간을 공유하다 집에 들어와 혼자 멍하니 있는 일이 많아졌다. 혼자인 게 익숙해진 탓에 사람들과 함께 있다가 혼자 있는 시간이 올 때면 후유증 같은 게 생긴 것이다. 이럴 거면 차라리 계속 혼자인 채로 지내고 싶다. 함께였다가 혼자가 되었을 때 이루 말할 수 없는 공허함이 나를 집어삼키니까.

독
백

있잖아, 사는 게 원래 이런 걸까? 내가 점점 아무것도 아닌 것 같고 내가 잘하는 게 무엇인지 나 스스로 의심이 들기도 하는 걸까? 잘하고 있다고 생각했던 모든 순간이 전부 아무것도 아니었던 것처럼 느껴지면 나 지금 많이 힘든 거 맞지? 그래도 이거 다들 겪는 평범한 과정이지? 나 잘하고 있다고, 잘 이겨낼 거라고 해줘. 그거라도 없으면 못 버틸 것 같아. 지금은 이 사소한 게 내게 전부인 것처럼 느껴지거든.

무
기
력

인생이 무기력하게 느껴질 때가 있다. 그럴 땐 이대로 쭉 무기력하게 살아가다간 내 미래가 사라질 것 같은 느낌이 들기도 한다. 누군가 그랬다. 알면서도 고쳐지지 않는 건 못 고치는 게 아니라 안 고치는 거라고. 누군가를 탓할 수 없는 본인의 의지인 거라고. 혹시라도 당신이 무기력하다면 이번 무기력증은 이쯤에서 그만 이겨내도록 하자. 그 누구도 아닌, 당신의 미래를 위해서라도.

그렇다고 이겨낼 수 없는 걸 억지로 이겨낼 필요는 없습니다. 이겨낼 수 없다면 당신의 세상은 동트기 전 가장 어두운 시간이라 생각하세요. 곧 밝아질 겁니다.

오늘의 불안이
내일의 나를 노력하게 만든다

혼자 있는 시간이 많아지다 보니 이런저런 고민을 하는 시간이 잦아졌다. 그만큼 쓸모없는 고민도 늘어났는데, 내가 프리랜서가 아니라 일반적인 직장에 다니는 직장인이었다면 어땠을까 하는 생각을 해봤다. 지금 난 프리랜서로 활동하고 있다. 솔직히 타인의 시선에는 부러울 수밖에 없다는 것을 잘 안다. 일반적인 직장인보다 자기가 할애할 수 있는 시간이 많다는 게 가장 큰 장점일 것이다. 그래서인지 겉보기로는 프리랜서라는 직종을 마냥 좋게만 생각할 수도 있다.

직장인과 프리랜서. 둘의 장단점은 뚜렷하지만, 한 가지 확실한 건 프리랜서에게는 안정적이지 않은 미래에 대한 불안이 동반된다는 것이고 직장인에게는 인간이 누리며 살아가야 하는 기본적인 자유에 대한 박탈감에 상실감이 더해질 수도 있다는 것이다. 물론 그렇지 않은 사람도 있다. 지극히 개인적인 생각이고 프리랜서로서의 개인적인 의견을 말했을 뿐이다. 직장인과 프리랜서의 갈림길에서 내가 프리랜서의 길을 선택한 이유 중 가장 큰 이유인 자유에 대한 생각을 말한 것이다. 이런 고민과 걱정 없이 살아갈 수는 없을 것 같다. 또다시 문득 이런 고민을 하게 될 때는 미래에 대한 불안감이 조금은 줄어든 상태였으면 좋겠다. 나는 지금 꽤 많이 불안한 상태이다. 불안해하지 않으면 아무것도 하지 않으려 할 것 같기 때문에, 이건 분명 좋은 현상이며 그렇게 한 걸음 더 나아가는 사람이 될 것이다. 불안이 없었다면 지금의 나도 없었을 것이다. 앞으로도 어느 정도의 불안은 나를 살아가게 할 것이다. 오늘의 난 꽤 불안한 미래를 가지고 있다. 그 미래를 바꿀 수 있는 건 나의 불안이 만들어낸 노력뿐이다. 이 말은 즉, 노력 없이는 아무 일도 일어나지 않는다는 걸 뜻한다.

간
절 살
하 아
게 가
  기

　오늘의 목표는 간절해지기입니다. 삶의 목표가 뚜렷하
게 없습니다. 돈을 많이 벌고 싶다거나 여유로운 생활을
하고 싶다거나 그런 바람 같은 건 있어도 정확한 목표로
삼은 것은 없습니다. 그래서 오늘의 목표는 간절해지기입
니다. 오늘 단 하루만이라도 간절하게 살아보기로 합니다.
인간에게 목표가 사라지면 곧장 무기력증도 함께 오게 됩
니다. 아무것도 하기 싫고 내가 아무것도 아닌 것 같은 기
분을 받게 된다는 말입니다.

　그러지 않기 위해서 우선 오늘 목표는 간절해지기로
하겠습니다. 신기한 점은 간절히 바라면 무엇이든 이루어
진다는 옛 미신 같은 말을 믿고 있다는 것입니다. 간절하

기 시작하면 믿음이 생기고 그 믿음은 곧 나를 움직이게
해서 내가 스스로 나의 꿈에 한 발짝 더 다가가게 할 겁니
다.

아무 목표가 없다면,
당신도 오늘 하루 정도는 간절하게 살아보기로 합시다.

버팀목

　살다 보면 한 번도 무너지지 않고 살아온 사람이 있을까 하는 궁금증이 생기기도 했다. 하지만 삶을 살아간다는 것 자체가 무너지지 않고서는 불가능하다는 걸 알게 된 순간부터 나를 무너트린 일이 있으면 반드시 나를 일으켜 세울 일도 있다고 생각하기로 했다. 그래서 무너지는 게 그렇게 두렵지는 않다. 무너짐의 순간은 나를 조금 더 강하게 만들어 줄 테고 나를 일으켜 세운 어떤 일들은 나에게 새로운 버팀목이 되어 낡을 때까지 나를 버티게 해줄 테니까.

살아가다 보면
반드시 찾아올 거예요.

당신을 무너트리는 일과
당신을 무너지지 않게 하는 일이.

내 주
세 인
상 공
의

　누군가에게 많이 의지하면서 살면 그만큼 그 사람이
내 곁에서 멀어졌을 때 공허함이 커질 수밖에 없습니다.
혼자 살아갈 수는 없지만, 그렇다고 해서 타인에게 많은
걸 의지하고 살아가서는 안 됩니다.

　이 모든 걸 인지하고 살아가고 있음에도, 어느 순간 타
인에게 너무 많은 의지를 한 탓에 잠시라도 혼자 남겨졌을
땐 쉽게 무너지곤 합니다. 무너지지 말자고 그렇게 몇 번
을 되뇌었지만 그렇게 말처럼 쉬운 일은 아닌 것 같습니
다. 혼자 남겨지는 것에 익숙해지자고 쉽게 무너지지 말자
고 다시 한번만 더 되뇌어 보기로 합니다. 타인은 내 세상
에서 조연일 뿐, 나를 대신해서 내 삶의 주인공으로 살아
갈 수는 없다는 것을 잊지 않았으면 좋겠습니다. 내 삶은

내가 아니면 살아가지 못 할 테니까, 타인이 내 삶을 응원할 수는 있어도 타인이 내 삶을 완성해서는 안 됩니다.

잘 생각해보면 아무리 막막한 삶이어도 여태껏 어떻게든 살아왔으니 앞으로도 어떻게든 살아가게 될 것입니다. 앞날의 걱정은 잠시 접어두고 이 모든 일로부터 성장하는 사람이 되도록 합시다.

노
고

가끔은 내 하루의 노고를 알아주는 사람이 있다는 것
만으로도 잘 살아가고 있음을 느끼게 된다. 수고했다는 말
한마디에 무슨 큰 힘이 있겠냐만 그래도 수고했다는 말 한
마디에 당신의 고생이 조금이나마 달래지기를 바란다.

버텨내기 위한
반복된 삶에서
살아가는 우리

참 수고 많았다.

생각보다 꽤 많이
지친 것 같습니다

가끔 서울에 올라온 걸 후회할 때가 있다. 지금 내 모습이 과연 온전히 나다운 모습인지 스스로 자책하다가 무기력증에 빠지게 될 때도 있었다. 열심히 살기 위해서 이곳에 온 것이지만, 그동안 열심히 살았다고 떳떳할 만큼의 날은 없었다. 오히려 친한 지인과 다툼이 잦아졌고 그로 인해 또다시 많은 생각에 빠진 날도 늘었다. 오히려 나에게 독이 아닌가 싶은 생각을 하는 날이 많아진 것이다. 무엇보다 내가 아닌 나의 삶을 살아가고 있다는 생각이 꽤 많이 들었다. 과연 이대로 얼마나 버틸 수 있을지는 모르겠다. 사실 지금 내가 '버틴다'라고 표현하는 것부터가 이미 꽤 많이 지친 상태인 것 같다.

서울에 올라온 1차 목표는 조금 더 넓은 세상으로 나아가기 위해서였다. 그 출발선에서부터 버틴다는 표현을 한다는 건 나를 무척이나 무능하게 만드는 말이니 말이다. 이렇게까지 내가 무기력한 사람이 될 수 있다는 걸 보면 난 아직도 조금은 더 모든 면에서 성장할 게 남았다는 뜻일지도 모르겠다.

아무튼 오늘은 아무것도 하고 싶지 않은 날이었다. 26시간을 침대에서 나오지 않았다. 어젯밤, 술자리가 있어서 술을 마시고 있는데 소울메이트라 할 수 있는 사람과 크게 다투었다. 술에 거하게 취한 상태였긴 했지만, 의도가 무엇이든 상대방의 기분을 생각하지 않았던 내 탓이었다.

어제 그런 일이 있고 나서 문득 요즘은 내가 살아가는 방식이 내가 아닌 것 같은 기분이 들었다. 괜찮다고는 말하지만, 속으로는 꽤 많이 썩어가고 있었던 것일지도 모르겠다. 겉으로는 스트레스 같은 건 받지 않고 모든 일에 털털하게 지내는 것 같지만 그것들이 쌓이고 쌓여 나를 엉망진창으로 만들고 있는 것일지도 모르겠다고 생각했다. 내가 사랑하는 모두를 위해서 나를 위한 시간을 가져야겠다. 누구도 방해할 수 없는 나의 시간을 정해서 그 시간만큼은 나를 위해 할애해야겠다. 이런 글을 써 내려가고 있는 걸 보니 생각보다 꽤 많이 지친 것 같다.

꽃 같은 겁니다

잠시 흔들리는

어떤 기분도 아닙니다. 아무것도 하고 싶지 않아 하고 아무것도 안 하고 살아가는 무기력한 삶을 살아가고 싶지도 않아서 그렇습니다. 무슨 말을 더할 수는 없을 것 같아요. 왜 그러냐는 주변의 말을 들어도 답을 해줄 수 없습니다. 아무것도 아닌 기분이라 그렇습니다. 속에 숨기고 있는 감정 같은 거 없습니다. 다시 한번 말하지만 아무 기분도 아닙니다. 그나마 가까운 표현을 찾아야 한다면 공허하다고 하는 게 가장 어울릴 것 같습니다. 그렇다고 공허한 건 또 아닙니다. 알아서 생각하세요. 저는 분명 말했지만 그 어떤 기분도 아닙니다. 무슨 걱정을 숨기고 있는 것도 절대 아닙니다. 다만 그런 시기입니다.

누군가에게는 인생의 권태기가 오는 것처럼 지금의 저에게는 감정의 권태기가 온 거라고 생각해주시면 될 것 같습니다. 제 감정은 제가 가장 잘 압니다. 그러니 만약 제가 숨길 게 있거든 숨겨야 하기 때문이라고 생각하시면 됩니다. 지금은 이대로 흘러가게 놔두세요. 곧 돌아가겠습니다.

걱정하지 마세요.
아무것도 아닙니다.
잠시 흔들리는 꽃 같은 겁니다.

무너트리기

　내가 아무것도 아닌 것 같을 때, 내가 잘하는 게 아무
것도 없는 것 같을 때, 당장의 내일을 어떻게 살아가야 할
지 막막할 때, 그동안 내가 무엇을 하고 살아왔나 회의감
이 들 때, 애써 아무렇지 않은 척 아등바등 버틸 때, 내 곁
에서 소중한 누군가가 떠나가려 할 때, 하고 싶은 게 뭔지
모를 때, 세상의 모든 부정이 담긴 말은 나를 향한 말이라
고 느껴질 때.

그냥 무너집시다.

이 정도면 무너져도 됩니다.

차라리 전부 다 무너트리고 다시 쌓아 올립시다.

사람이기 때문에 사소한 것에도 상처받을 수 있고 반대로 사소한 것에 힘을 얻을 수도 있는 겁니다. 생각보다 인간이라는 게 강한 존재는 아닙니다. 감정 하나에도 비틀거리고 흔들리기 쉽습니다. 사소한 일이라도 의미가 부여되는 순간부터는 사소한 일이 아니게 되는데, 사람이란 어떤 것에든 의미를 부여하고 싶어 하니까요.

어떤 사소한 것이라도
의미가 부여되는 순간부터는
사소하지 않은 것이 되는 겁니다.

그렇기 때문에 어떤 작은 일에도
쉽게 흔들릴 수 있는 겁니다.

꽃

누군가의 꽃은 시들고 있거나 방황하고 있고 뜨겁게 흩날리기도 하고 비바람에 채이고 꺾이기도 했다. 또 누군 가의 꽃은 아직 씨앗이기도 하고 이제 막 피어나기도 하고 만개하기도 했다. 그리고 누군가는 자기가 꽃인 줄도 모르고 살아간다.

나름의 삶

    나름대로 잘 살아가고 있다고 생각했는데, 나름대로 잘 살아가는 것만으로는 평탄하게 살아가기 힘든 세상인 것 같습니다. 이걸 이렇게 되어버린 세상을 탓해야 하는지 나름대로만 잘 살아간 자신을 탓해야 하는지 모르겠지만 세상 탓이라면 누구에게도 하소연할 곳이 없고 제 탓이라면 제가 뭐가 되는 겁니까. 이래서 개개인의 인생은 누구의 탓도 할 수 없는 것 같습니다. 누구를 탓한다고 한들 달라질 마음가짐조차 없으니까요.

의
심

생각보다 많은 사람들이 하루에도 몇 번이나 스스로를
의심하며 살아간다. 그리 잘못된 것은 아니지만 스스로를
몇 번이고 의심하는 동안 그동안 자신이 살아왔던 것들에
대한 존중은 온데간데없이 사라지고 잘 살아왔던 시간마
저 아무것도 아니라고 생각하게 된다. 그렇게 불안에 떨며
스스로를 의심하는 상황까지 가버린 것뿐이다. 그러는 순
간 꽤 많은 것들이 무너지게 된다. 내 삶에서 가장 존중해
야 할 것은 내 자신이고 가장 의심하지 말아야 하는 것이
자기 자신이다. 스스로를 의심하는 순간 괜찮았던 모든 것
을 의심하기 시작할 테니 말이다.

의심을 하기 보다는 작심을.

그동안 잘 버텨준 내게 존중을.

앞으로 잘 살아갈 내게 응원을.

나의 바다 나의 안식처

바다를 보기 위해 정상으로 오르겠다고 했다. 혹시 모르지. 어느 산의 몇 번째 봉우리에서는 희미하게라도 보일 수도 있겠지. 나의 바다가. 나의 안식처가.

가장 나다운 것을 찾기

온전히 혼자가 되는 것도 가끔은 삶을 살아가는 방법이 될 수도 있겠습니다. 사람은 혼자 남겨졌을 때 가장 나다운 사람이 됩니다. 나를 위한 삶에 나다운 것이 무엇이었는지조차 잘 기억이 나지 않는 게 요즘 세상입니다. 나다운 모습을 찾는 게 당신의 삶에 있어서 얼마나 큰 영향을 미치는지 잘 모를 수도 있지만, 나다운 것을 알아야 정말로 당신에게 맞는 것들을 하나하나 찾아 나갈 수 있습니다. 몸에 맞지 않는 옷을 입은 것 같은 불편함을 느끼며 살아가지 말아요. 당신의 삶도 당신에게 딱 맞는 옷을 찾아 입을 수 있는 삶입니다. 가끔은 온전히 혼자가 되어 가장 나다운 게 무엇인지 찾아보는 시간을 갖도록 합시다.

특별하지 않더라도
지금처럼 잘 살아가는 나에게

모든 사람이 특별하다는 말은 못 하겠습니다만, 모든 삶은 저마다의 의미를 찾는 여행 같은 것이라 할 수는 있겠습니다. 누군가는 여행길에 마주친 갈림길에서 조금 더 나은 길을 선택했을 뿐이고 누군가는 조금 더 험난하지만 그만큼 아무나 누릴 수 없는 풍경 같은 것들을 담아왔을 겁니다. 우리가 특별해질 필요는 없지 않습니까. 저마다 삶의 이유를 찾는 여행을 할 수 있다는 것만으로도 얼마나 좋은 일입니까. 특별할 필요는 없지만, 본인이 특별하게 생각한다면 그 누구도 평범한 삶이라고 할 수는 없을 겁니다. 각자 삶의 디테일한 부분까지 설명할 수는 없을 테니까 말이죠.

우리는 그저 특별하다고 하면 특별할 수도 있고 아니라고 하면 아니라고 생각할 수 있는 삶을 살고 있는 겁니다. 그러다 어쩔 수 없이 특별해야 할 순간이 온다면 어쩔 수 없이 특별한 삶도 살아보게 되는 거겠죠. 저는 제 삶이 어쩔 수 없이 특별해지기 전까지는 지금처럼 살아보겠습니다.

특별하지 않다고 아무 재미도 없는 삶이 되는 것은 아니니까. 내가 살아가는 이유는 특별하지 않아도 지금처럼 잘 살아가는 내가 기특해서일 수도 있겠습니다.

오늘도 아프겠습니다

우려하지 않았던 일이 갑자기 일어난다면 그보다 불안한 것은 없습니다. 차라리 우려했던 일이었다면 어느 정도 마음의 준비 같은 것이라도 하고 있어서 심란하기만 했을 텐데, 우려하지 않았던 일이 일어나면 그것만큼 두려운 건 없는 것 같습니다. 모든 일을 예상하고 살아갈 수도 없는 노릇이고 그렇다고 모든 일에 대비하고 살아갈 수도 없습니다. 결국 어떤 일이든 가끔 나의 삶을 침범하여 아프게 될 텐데, 그게 뭐가 되었든 어차피 마음의 준비 같은 건 할 시간도 없이 올 겁니다.

아픔이 있어야 성장한다고 누군가 그랬습니다. 이런

아픔이 있어야 한다면 차라리 아프지 않고 성장하지 않은 어른으로 살아가고 싶습니다. 아픔이 좋은 사람은 없습니다. 결론을 지어줄 수는 없는 말이지만, 결코 아무 일 없이는 아무것도 될 수 없다는 것만 알아주시면 될 것 같습니다. 결국 오늘도 우려하지도 않은 곳에서 아픔이 찾아오게 될 겁니다. 그렇게 얼마나 아프게 살아갈지는 모르겠지만 아픈 만큼 성장하는 거라는 말이 맞기를 바라며 언젠간 이 아픔이 아무렇지 않을 만큼, 오늘도 아프겠습니다.

익숙해진다는 것

　무언가에 익숙해진다는 건 익숙함을 핑계로 무너지겠다는 뜻이고 무언가에 무뎌진다는 것은 무뎌짐을 핑계로 모르는 척하겠다는 것이다. 모든 일에 익숙해지지 말 것, 모든 일에 무뎌지지도 말 것. 모든 순간을 처음처럼 직면할 것.

스스로에게
행복이 될 것

타인에게서 행복을 찾지 말고
나에게서 행복을 찾아낼 것.

타인으로부터 혼자가 될 수는 있어도
스스로 혼자가 될 수는 없을 테니.

채찍보다는 당근을

모든 일을 처음 같은 마음가짐으로 임할 수 있었으면 좋겠습니다. 처음이라면 서툴렀을 것들을 이젠 서두르기만 하고 있습니다. 실수는 있어도 나에게 실망하지는 말자고 다짐도 했었습니다.

지금의 나에게 필요한 건 처음과 같은 마음가짐입니다. 서두르지 않아도 된다는 것. 말 그대로 조급해 하지 말라는 겁니다. 조급해야 할 때라고 생각할 수도 있지만, 조급함은 곧장 실수를 부를 테고 더 이상의 실수는 나 스스로에게 실망감을 안겨주는 꼴이 될 겁니다. 마음먹은 대로 되는 것은 아니지만 마음이라도 그렇게 먹고 있어야 그 근처에라도 갈 수 있지 않을까 싶은 심정입니다. 지치고 힘들고 막막하긴 하지만 지금은 스스로에게 채찍보다는 당근이 필요한 시기인 것 같습니다.

어른아이

　어릴 적엔 스무 살이 되는 순간부터 어른이 되는 것이라고 생각했었다. 뭐가 그렇게 급했는지 하루라도 빨리 스무 살이라는 나이가 되어 어른이 되고 싶었다. 막상 스물이라는 나이가 되었을 땐 술을 마실 수 있는 나이가 되었을 뿐, 크게 달라지는 삶의 변화는 없었다. 그렇게 몇 년을 살아보니 어른이 되어간다는 게 결코 좋은 일이라고 할 수는 없는 것 같다. 그래도 우리는 기필코 어른으로 살아가야 한다. 언제까지 어른인 척하는 어른아이로 살아갈 수는 없다.

　평범한 아픔으로부터 조금은 무뎌진 마음으로 꿋꿋이 버텨낼 수 있는 사람이 되는 게 어른이라고 생각한다. 물론 사람마다 개인적인 의견이 있을 수 있고 겪은 아픔 또한 모두 다 다르지만, 어떤 아픔을 겪었든 모든 아픔은 개인의 몫이다. 그것을 견뎌낸 사람들만이 어른이라고 할 수 있는 게 아닐까 싶다. 어른과 아이의 기준을 나눈다는 것부터 웃긴 일이지만 이제 더는 아이로 지낼 수 없는 사람이 되었으니 어른이 되어야 한다. 그러니 이 정도의 기준 나누기는 해도 되는 게 아닐까 싶다. 난 아직 큰 어른이 되지 못했다. 어린아이에서 이제 겨우 어른이 되어가는 과정을 겪고 있다.

어떤 아픔도 나에게 상처 낼 수 없고 어떤 좌절도 나를 무너트릴 수 없을 것이다. 난 그렇게 어른이 되어야겠다. 솔직히 어떤 아픔이 와도 견뎌낼 수 있을 만큼 아파도 봤고 다시 일어설 수 없을 것 같은 좌절을 겪어보기도 했다. 하지만 무슨 일이라도 있었냐는 듯 아무렇지 않게 잘 살고 있다. 사람 사는 게 다 똑같다. 아프기도 하고 무너지기도 하면서 조금씩 더 나은 어른이 되어가는 것. 완전한 어른이 될 수는 없지만 적어도 지금 당장은 한 사람 몫을 하며 살아갈 수 있는 어른으로 성장할 수 있길 바란다.

행복을 의심하지 말 것

행복이 인생의 전부는 아니지만, 인생을 살아가게 하는 이유는 충분히 될 수 있다. 이토록 중요한 행복을 타인에게 강요해서는 안 되고 타인에게서만 찾으려고 해서도 안 된다. 그렇다고 타인에게서 온 행복이 절대 가벼운 것은 아니다. 어떤 행복이든 절대로 가벼운 것은 없으며, 노력 없이는 행복 또한 없을 것이다. 가장 중요한 것은 행복을 의심해서는 안 된다는 것이다.

어떤 행복이든 절대 가벼이 여기지 않을 것.
노력 없이 행복을 얻으려 하지 말 것.
타인에게서 행복을 찾으려 하지 말 것.
행복을 의심하지 말 것.

스스로 행복할 것.

해피 엔딩

내 삶이 한 편의 드라마라고 생각하기로 했다. 드라마라는 게 우여곡절 끝에 어찌 되었든 해피 엔딩으로 끝을 맺게 되는 게 대부분이니까. 내 삶의 끝이 어떻게 되더라도 나름의 해피 엔딩이지 않을까 하는 마음에서.

사실 끝이 그리 좋지 않더라도 그동안의 내 삶 덕에 해피 엔딩이 될 수 있을 것 같아서. 가장 힘들었던 순간마저도 주마등처럼 스쳐 지나갈 것 같아서. 나에게도 언젠간 끝이 올 테니까. 모든 게 뜻대로 흘러가지는 않을 테지만, 그 끝은 미리 정해둬야겠다. 어쨌든 해피 엔딩으로.

남이 아닌 나를 위한 삶

남에게 보이는 부러운 삶이 아니라도
나름대로 잘 살아가면 되는 겁니다.

남을 위한 삶이 아닌 나를 위한 삶이니까요.

이대로 나의 삶을
살아가기로 했다

가끔은 마음 편히 부모님의 곁으로 다시 돌아가고 싶다는 생각을 하기도 했다. 하지만 이건 내 삶에서 꽤 큰 포기가 될 것 같아서 어떻게든 이겨내려 하고 있다. 지금이 아니어도 언젠간 분명 스스로 살아가야 할 날이 찾아올 텐데, 지금 포기한다면, 그때도 포기하게 될 것 같아서. 그때는 포기하게 되면 돌아갈 곳이 없을 테니까 말이다. 차라리 바닥까지 떨어지더라도 순간의 편함을 위해서 미래의 나를 약하게 만드는 일은 하지 않겠다.

자랑은 아니지만 태어나서 그 흔한 아르바이트 한 번 하지 않고 살았다. 누구나 그렇게 생각할지도 모르지만, 원체 성격이 그렇다. 난 남 밑에서 일하는 걸 못 한다. 누군가는 철이 없어서 그렇다고 할지도 모르겠지만, 혼자 돈을 벌 수 있기 때문이기도 하고 가장 중요한 것은 돈보다는 자유를 추구하는 편이기 때문이다. 돈이 없으면 자유 또한 쟁취할 수 없는 세상이라고는 하지만 충분히 잘 이겨낼 거라고 나를 믿기로 했다. 아무런 노력도 없이 이런 말을 하는 것은 아니다. 그간 내가 해온 노력에 대한 성과를 본 적이 있기에 이렇게 굳게 믿고 있는 것이다.

잘 되는 날만 있을 수는 없는 것처럼 잘 안 되는 날만 있을 수도 없다고 생각하기로 했다. 내 마음이 편안하게, 오로지 나를 위한 생각만 하고 살아갈 것이다. 지금까지 잘 살아온 것도 나름대로 잘 살아온 것이니 앞으로도 나름대로 잘 살아갈 것이다.

잠시 물러서도 되는 일을
포기하지 않기로 했다.

지금 포기한다면,
언젠간 다시 마주하게 될 테니
다시 마주할 일조차 없게
이대로 나의 삶을 살아가기로 했다.

나를 사랑해주기

나를 아껴주고 좋아해 주는 시간을 스스로 정해서 남을 아끼고 좋아해 주던 만큼 애정을 쏟아보자. 열 번 찍어 안 넘어가는 나무 없다는 것처럼 언젠가 자신을 위해 조금 더 나은 삶을 살고 싶게 될지도 모르니까.

사실 그러지 못하더라도 괜찮다. 원래 세상을 살아간 다는 것은 학창 시절, 반 배정이 되기도 전에 그 반의 반장 선거에서 내가 당선될 수도 있겠다 생각하는 것처럼 어떤 일이 실제로 일어나기 전에는 아무것도 모르는 거니까.

자
체
만
으
로
도

무엇이 되고 싶다고 생각하지 말자. 나는 나 그 자체만
으로도 의미가 있는 사람일 테니까. 누군가는 나를 보고
나 같은 사람이 되고 싶다고 생각할 수도 있을 만큼 괜찮
은 사람일 것이다.

누군가에게는 좋은 사람이지만

좋은 사람이라 불리는 것은 참 좋은 일입니다. 다만 좋은 사람이라고 불리기 전에 나에게 좋은 사람인지부터 잘 생각해보세요. 나부터 챙기는 습관이 있는지 잘 생각해보시라는 말입니다. 좋은 사람이라고 불리는 대부분의 사람은 나보다 남을 우선시하는 사람이니까요.

타인에게 좋은 사람이 되겠다고
나에게 못된 사람이 되지는 말아요.

사는 게
다 똑같습니다

며칠 전 동네 형과 간단하게 술을 마시고 있었다. 평소와 다를 것 없이 시시콜콜한 이야기도 하고 시답지 않은 장난도 치며 시간을 보내고 있었다. 꽤 늦은 시간까지 자리가 이어졌고 어느 정도 술에 취해갈 때쯤 누가 먼저랄 것도 없이 한숨을 푹푹 내쉬고 있었다. 나는 그렇다 치고 형은 무슨 일 때문에 그러는지 물어봤는데 돌아오는 대답에 꽤 많은 생각이 교차했다.

"전부 똑같은 이유잖아."

술을 마시게 되면 사람은 꽤 감정적으로 변한다. 그러다 보면, 마음속 깊은 곳 어딘가에 존재하는 미래에 대한 걱정이 고개를 내미는 것이다. 아무리 안정적인 삶을 사는 사람이라도 피해갈 수 없는 당연한 감정인 것 같다. 겉보기에는 동네 형이든 나든 누구나 부러워할 만한 삶을 사는 것이 확실함에도 말이다. 그렇게 몇 번의 깊은 한숨이 이어질 때마다 사람 사는 게 정말 누구 하나 할 것 없이 다 똑같구나 싶었다. 이런 예민한 부분까지 서로 말하지 않아도 느껴지는 깊은 한숨을 내쉰다는 건 사람이 사는 게 다 똑같아서 말하지 않아도 알 수 있는 무언가가 있기 때문일 것이다.

앞으로 몇 번의 한숨을 더 내쉬며 살아가게 될지 감히 예측도 할 수 없지만, 몇 번의 한숨이 더 이어진다고 한들 달라질 것은 없다. 가끔은 땅이 꺼지라 한숨도 내쉬면서 살아가면 되는 것이다. 아니면 한숨을 내쉬어도 이런 걱정이 느껴지지 않을 때까지 살아보는 것도 나쁘지 않을 것 같다.

선
물

누구나 저마다의 걱정을 가지고 살아간다. 다시 말해 누구에게나 걱정이라는 것이 존재하고 같은 걱정이라도 다른 무게로 느껴질 수밖에 없다. 그러니 나에게 있어 아무것도 아닌 일이 타인에게 있어서는 큰 걱정이 될 수도 있는 것이다. 삶을 살다보면 당연히 걱정이 생기겠지만, 개인이 느끼는 그 걱정의 크기만큼 성장할 기회라고 생각하고 잘 이겨내자. 하나의 걱정거리가 해결됨에 따라 또 다른 걱정이 찾아올 테지만 언젠간 반드시 이겨낼 것이라 믿자.

조금 더 나은 내일을 만드는 건 어제보다 조금 더 나은 오늘을 살아간 나에게 주는 선물 같은 것이다. 조금 더 나은 미래를 위해서 당신의 걱정을 하나하나 차근차근 이겨내는 사람이 되도록 하자.

반드시 올 거예요

어떻게 매일 보람차고 후회 없는 하루를 보낼 수가 있 겠습니까. 그냥 어느 날 문득 행복한 날이 찾아오기만 하 면 되는 삶 아니겠습니까. 오늘이 불행했다고 내일까지 불 행하리라 생각하지 말아요. 그렇게 가끔 찾아오는 행복을 기대하며 살아가는 것도 좋은 삶의 이유가 될 수 있지 않 을까요.

반드시 올 거예요.
당신에게도 행복이,
행복을 느낄 수 있음에
살아 있음을 느끼는 날이요.

어떤 사람이든 완벽하지 않기에 무슨 일을 완벽히 해
내고 싶을 땐 자기만의 방식대로 어떠한 과정을 거치는 것
도 방법이다. 완벽해지고 싶다는 건 욕심이고 그 욕심을 위
해 이 정도의 노력이나 희생은 필요한 것이다.

2 부

숱한 날들을 지나왔음에

오롯이
나를 위해

5평 남짓 되는 작은 단칸방에서 혼자 지내게 된 지 3개월이라는 시간이 지났고 생각보다 빠르게 적응을 끝내 혼자 지내는 것에 익숙해졌다. 나만의 공간이 생기는 건 더할 나위 없이 좋은 일이었지만, 뭔가 모르게 무엇인가를 놓치고 있다는 생각이 깊은 곳 어딘가에 자리 잡고 있다. 그런 덕에 가끔은 무기력하기도 하고 스스로 우울을 찾아내기도 한다. 겉으로는 이미 성공한 척 살고 있지만, 속으로는 내가 쌓아 올린 겉모습을 스스로 갉아먹고 있는 꼴이기도 하다. 역시 세상은 그리 만만하지 않다는 걸 다시 한번 상기시키는 3개월이 된 것 같다.

이 모든 사실을 다 알고 홀로서기로 마음먹은 것이니

이제 내 발에 떨어진 이 불똥을 어떻게 처리하느냐의 문제인 것 같다. 어떻게든 될 테지만 어떻게 해야 할지를 모르겠으니 지금 내가 할 수 있는, 내 눈앞에 있는 것들이라도 하나하나 해나가야 할 때이다. 사람은 누구나 인생에서 꽤 오랜 시간 동안 갈피를 잡지 못해 배회하곤 하는데 지금 내게 그런 시기가 온 것이다.

누구나 인생에 있어 중요한 일을 한 번씩은 다 겪으며 살아가게 된다. 나에게는 빠르면 빠르다고 할 수 있는 지금, 이 시기에 찾아온 것으로 생각하겠다. 앞으로 나에게 남은 삶에 지금의 배회가 좋은 영양분으로 기억될 수 있게, 어제보다 더 나은 오늘이 되어 더 나은 미래와 함께할 수 있게 오롯이 나를 위한 시간을 쓸 때이다.

노력만이 내가 해야 할 일이고 내가 가야 할 길이라고 생각하지는 않으셨으면 좋겠어요. 분명 무언가를 이루기 위해서 노력의 힘이 절대적으로 필요한 것은 맞지만 그렇다고 해서 노력만 있으면 모든 게 되는 건 아니라고 생각해주세요. 만에 하나라도 나의 필사적인 노력이 통하지 않아 이루어지지 않았을 때는 꽤 큰 상실감이 들 테니까요. 그냥 마음 편히 첫째가 노력이고 둘째도 노력이라면 셋째 정도는 운이라고 해주세요. 셋째까지 노력이라면 힘 빠지잖아요.

뼈
대

　나에게도 나름대로의 계획이 있지만, 그 계획이 잘 안
될 때도 있다. 세상이 계획대로 돌아가는 것만은 아니니
까. 계획대로 흘러가지 않는다고 해서 기죽어 있을 필요
는 없다. 지금은 나의 세상을 만들어가는 과정에서 시행착
오를 겪으며 단단한 뼈대 같은 것을 세우는 단계일 뿐이니
까.

현재를 살아가기

미래를 위해서

문득 생각해보니 다가오지도 않은 미래를 걱정해봐야 뭐가 달라지겠냐는 생각이 들었습니다. 그래서 오늘부터 미래에 대해 걱정하지 않기로 했습니다. 걱정할 시간에 현재를 살아가겠습니다. 그게 제가 지금부터 미래를 살아가는 방법입니다. 고민하는 순간에도 꽤 많은 시간이 흐르고 있다는 것을 잊지 마세요. 미래를 생각하는 시간은 생각보다 많은 현재의 시간을 잡아먹습니다. 언제 또 미래를 걱정하며 살아가게 될지는 모르지만, 미래는 어차피 다가올 현재라는 것을 잊지 않을 것입니다.

걱정 없는 미래는 없지만
걱정하느라 현재를 버리지 않겠습니다.

서
행

서툴기에 불안한 순간에는
서두르지 않는 습관을 가져요.
너무 급할 필요는 없잖아요.

어차피 결국엔
무엇이든 이룰 당신이니.

기
적

이룰 수 없는 것들을 이루어 냈을 때 그것을 기적이라
고 합니다. 그렇다면 내 삶은 과연 몇 번의 기적이 오게 될
지 기대됩니다. 이미 몇 번의 기적이 왔고 그 기적을 당연
하다고 생각했었습니다. 앞으로는 기적이 왔을 때 당연하
다 생각하고 지나치지 않고 그 기적을 기회로 만들어 보겠
습니다. 어쩌면 기적을 눈치채는 것 또한 기적일 수도 있
겠습니다.

나를 흔들던 어제는
오늘의 나를 위한 일이었음을

아무런 굴곡 없이 살아왔더라면 지금같이 흔들리는 시기를 버텨내지 못했을 겁니다. 저의 10대는 원하지 않았던 운동선수로서의 삶을 살았고 관심 없었던 대학 진학 또한 내 뜻이 아닌 대부분의 순리대로 했습니다. 그렇게 몇 년을 또 아무 생각 없이 대학을 다녔고 도저히 안 될 것 같다는 판단이 들어 자퇴라는 결정을 했습니다.

그때부터는 모든 시작을 제 뜻대로 결정할 수 있었습니다. 처음 몇 달은 집에서 아무것도 하지 않고 지냈습니다. 그러다보니 이대로는 아무것도 아닌 사람이 될 것 같았습니다. 그래서 시작한 게 작가로서의 삶이었습니다. 그렇게 시간이 흘러 4년이라는 시간 동안 수천, 수만 개의 문장을 써내고 나니 어느 곳에서는 저를 기성 작가라고 하는 곳도 생겨나기 시작했습니다. 저는 글이라는 걸 써본 적도 없었고 첫 받아쓰기 시험에서 '어머니'를 '어머님'이라고 쓰던 사람이었습니다.

무엇을 하고 살아왔는지가 앞으로의 내 삶을 결정할 수 없다는 걸 알게 된 겁니다. 그렇게 4년을 흔들리지 않고 잘 자라왔습니다. 이제 겨우 조금 흔들리게 되는 날이 가끔 오고 있습니다. 그러니 제 삶은 지금부터 시작인 셈인 거죠. 흔들리지 않는 꽃이 어디 있고 흔들리지 않는 삶이 어디 있겠습니다. 저는 아직 꽃을 피우지 못한 4년이란 시간 동안 어떠한 강풍에도 꺾이지 않을 뿌리를 내렸다고 생각하고 있습니다. 제 삶은 지금부터 흔들리며 제대로 된 시작을 하는 겁니다. 어떤 꽃을 피우게 될지는 아무도 모릅니다만, 어떤 꽃이 피어나든 제 삶이기에 저는 만족할 수 있을 것 같습니다. 이 글을 읽고 있는 당신이 지금 얼마나 흔들리고 있는지는 감히 가늠할 수 없지만 분명 다 괜찮을 겁니다.

그동안 당신의 삶을 흔들었던 일들은 앞으로 당신에게 다가올 어떠한 큰 벽이라도 잘 이겨내게 해줄 것이 분명합니다. 자기 자신을 한 번쯤은 끝까지 믿어보는 것도 나쁘지 않은 선택이 될 겁니다. 당신이 살아온 길은 생각보다 험난했고 당신이 앞으로 살아가게 될 날들은 생각보다 괜찮을 거라는 믿음을 가져주세요.

생각보다 쉽게 무너지지 않는 게 사람인지라 한번 무너지면 쉽게 일어서기도 어렵습니다. 무슨 일이 있어도 꺾이지만 않으면 됩니다. 무엇을 원하는지 잘은 모르겠으나 우리의 궁극적 목표가 성공이라면 이 정도 버티며 노력한 사람에게는 어느 누구도 실패라는 말을 내뱉지 못할 겁니다. 당신을 믿고 버티는 삶을 살아주세요. 지금까지 우리가 겪었던 아픔이 헛된 일이 되지 않도록 말이죠.

제 삶은 지금부터 흔들리며 제대로 된 시작을 하는 겁니다. 어떤 꽃을 피우게 될지는 아무도 모릅니다만, 어떤 꽃이 피어나든 제 삶이기에 저는 만족할 수 있을 것 같습니다.

지켜낼 것과 포기할 것들

지켜내야 할 것들이 많을 땐 포기해야 할 것들도 반드시 생겨납니다. 그동안 잘 지켜냈던 것들을 포기하기란 단연코 쉬운 일은 아닐 겁니다. 그렇다고 지켜내야 할 것을 못 본 체하고 살아간다는 것만큼 가시방석은 없을 겁니다. 매 순간이 선택의 연속입니다. 지켜낼 것인지 포기할 것인지 잔인한 선택도 해야 한다는 거죠. 어떻게든 선택을 하게 될 텐데 이 선택이라는 것이 참 웃긴 게 선택을 하고 난 뒤에는 차라리 속이 후련해진다는 겁니다. 선택을 하는 과정에서 이미 마음속으로 정리가 다 되어버린 거죠. 안 그런 척하는 사람도 개인만이 관여할 수 있는 선택에서는 당연히 본인에게 더 득이 되는 것을 선택하게 됩니다. 이렇게 살아가면서 조금씩 더 발전해나가는 겁니다.

지켜내야 할 걸 지켜냈을 때, 포기해야 하는 것들을 과감히 포기했을 때 사람은 꽤 많이 성장합니다. 선택을 두려워하지 마세요. 무엇을 선택하든 선택을 한다는 건 성장과 함께하는 겁니다. 선택에서 생기는 후회는 성장통 정도로 생각하시면 마음이 조금은 편안할 겁니다. 잘 아시겠지만, 당신의 삶은 당신 스스로 살아가는 겁니다. 이건 자립심을 키워주고자 하는 말이 아니라 혹시라도 당신의 선택에 갈등이 생긴다면 다시 되뇌어보라고 하는 말입니다.

선
택

선택을 해야 하는 상황이 생길 때에는 어떤 선택을 해야 할지 이미 당신은 알고 있습니다. 어떤 선택이든 후회는 따라오게 되어있으니 조금은 덜 후회할 방향을 선택하시는 편이 좋습니다. 아니면 둘 다 포기하는 것도 방법이 될 수 있겠습니다. 그건 나의 선택을 자책하며 후회하는 길이 아닐 수도 있을 테니까요. 어쨌든 매 순간이 선택의 연속입니다. 매 순간을 후회 없이 살았다고 해도 어떤 선택이든 아주 약간의 후회는 함께 따라옵니다. 하지만 후회가 된다고 하더라도 당신의 선택을 탓하는 일은 하지 않기로 합시다. 당신의 그 선택보다 더 나은 선택은 없었을 테니까요.

가끔은 내 이야기

누구나 열심히 살지.
누구든 열심히 살 수 있고
누구는 그 당연한 걸 못 하고.

돌이키고 싶은 순간

누구에게나 그리운 과거가 있고 돌이키고 싶은 순간이
있다. 그런 과거는 누구나 하나쯤 마음속에 품고 살아가
고 있지만, 돌이키고 싶은 순간이 오는 걸 그리 원하지 않
는다. 그토록 그리워하는 과거가 있음에도 돌이키고 싶은
순간이 온다는 건 그만큼 삶에 대한 후회가 있기 때문이라
생각한다.

모든 것이 완벽하고 만족스러운 과거를 남기기란 참으
로 어려운 일이다. 누구 하나 이게 정답이다 오답이다 알
려주는 사람 없이 스스로 살아남아야 했던 삶이었기 때문
이다. 요즘 들어서 주변으로부터 그토록 자주 들었던 사소
한 인생살이에 대한 걱정이 조금씩은 공감되고 있다. 지금

나에게 그리운 과거는 그들의 사소했던 걱정이 나에게 정말 그저 사소한 것으로만 남아있을 때였던 것 같다. 부디 그 순간으로 돌아가고 싶은 날이 오지 않기를 바랄 뿐이다.

행복을 팔아 돈을 벌거나
돈을 팔아 행복을 얻거나

인생을 논할 때 반드시 나오는 몇 가지 단어들이 있다. 이를테면 행복과 돈 같은 인생의 필수 요소들이다. 누군가가 인생의 필수 요소를 행복이나 돈 따위로 정의한 적은 없지만, 누구나 공감할 거라고 생각한다.

중학교에 다닐 때였나 고등학교에 다닐 때였나 누군가 내게 그랬다. 행복하기 위해서 돈을 벌었는데, 알고 보니 행복을 팔아 돈을 벌었던 것이라고. 이 둘이 공존할 수는 없는 것일까. 행복하기 위해 돈을 벌었던 것인데 결국엔 돈을 벌기 위해 행복을 판 셈이라니. 이건 너무 비참한 결과가 아닌가. 행복도 필요 없고 돈도 필요 없는 삶을 살아갈 수는 있을까. 둘 중 무엇인가 하나라도 필요하다면 둘

중의 하나는 반드시 포기해야 하는 결과가 나오는 게 당연할까.

잘은 모르겠지만 행복을 팔아 돈을 벌 수 있다면 행복을 팔려고 하는 사람들은 넘쳐날 테고 돈을 팔아 행복을 얻을 수 있다면 돈을 파는 사람 또한 넘쳐날 것이다. 이러다간 무엇 하나 온전히 자기의 것으로 만들지 못하게 될지도 모를 일이다.

나에게 부끄럽지 않게

가끔은 내 마음에 드는 문장 하나가 없어서 몇 시간을 통째로 날려버린 적도 있다. 완벽한 글을 쓸 수는 없지만 적어도 나에게 부끄럽지 않은 글을 써야 한다. 글을 직업으로 삼고 나서는 어느 순간부터 이런 생각으로 글을 써 내려왔다. 대충 쓴 글이라도 누군가 공감하고 좋아해 줄 수 있다면 괜찮겠지만, 이러다간 내 인생을 내가 부끄러워하며 살아가게 될 것 같다는 생각이 들었다. 물론 이 세상을 살아가기 위해서라는 말로 포장할 수 있다고 해도 난 아직 그렇게 무너지고 싶지 않다.

나에게 부끄럽지 않은 글을 쓰자.
내 삶이 부끄럽지 않도록.

망가진 물건

망가진 것들을 잘 버리지 못합니다. 애착이 있던 물건이 망가지기라도 하면 꼭 무언가 하나 정도는 남겨두는 습관 같은 게 있습니다. 이제 쓸데없어진 물건에 쓸데없이 그리워할 수 있게 만드는 기능이 새롭게 생겨난 거거든요. 소중한 추억까지 함께 매몰차게 버릴 필요는 없잖아요.

제가 망가지거든 제 글을 남겨두고 가겠습니다. 만약 당신이 망가진다면 무엇을 남겨두겠습니까. 질문을 바꾸자면 무엇을 남겨둘 수 있겠습니까.

어떻게든 살아갑시다

어떻게 살아가야 할지 어렵게 생각할 필요 없다. 마음 편하게 생각하면, 모든 것이 완벽할 수 없기에 비로소 완벽을 추구하며 더 나아가는 삶을 살 수 있게 되는 것이다. 완성되지 않은 미완의 존재이기에 조금 더 나은 사람이 되기 위해서 노력하며 살아갈 수 있는 것이고 그렇게 매번 한 걸음 더 나아가는 삶을 살아가면 되는 것이다. 어차피 될 해도 안 될 일들은 무슨 수를 쓰더라도 안 되는 것이고 어떻게든 될 일이라면 무슨 짓을 하더라도 반드시 될 일이었던 것이다. 쉽게 생각하고 살자. 이렇게 마음 편히 쉽게 생각하고 살아가기만 해도 복잡한 세상이니까. 마음이라도 편안하게.

단
순
하
게

단순하게 살아갑시다.
단조로운 삶이 되더라도.

간
절
함

꽤 많은 사람이 간절한 마음으로 살아갑니다. 간절하게 살아가는 건 좋지만 간절하기만 해서 되는 세상은 아닙니다. 그렇다고 노력만으로 되는 것도 아니고요. 그나마 간절함과 노력이 함께 한다면 조금 더 나은 삶을 살아갈지도 모르겠군요. 간절하다고 말은 하지만 노력은 하지 않는다면 그게 과연 정말 간절한 것이라 할 수 있을까요. 말만 하는 사람보단 말처럼 잘 안 될지언정 노력이라도 해보는 사람이 됩시다.

주어진 길

구름에 가려진 태양에서 가끔 구름 사이를 비집고 나오는 저 찬란한 햇살이 어디를 비추게 될지는 모르겠지만, 어디로든 비치게 되겠지. 빛을 내는 건 태양의 일이고 빛의 방향을 정해주는 건 구름의 일이니 난 주어진 대로 걷기만 할 뿐.

성산대교

서울로 이사를 온 지 몇 달의 시간이 흘렀지만, 부산에
있을 때엔 그렇게 자주 가던 한강을 단 한 번도 안 갔다.
걸어서 10분도 안 되는 거리에 한강이 있었지만, 갈 마음
이 생기지 않았다. 뭐 부산에 있을 때 바다를 보러 1년에
한 번 갈까 말까 했던 정도니까 어느 정도 이해는 되지만,
솔직히 내가 여태까지 한강을 갔던 이유는 한강공원에서
의 여유를 즐기기 위함이 컸다. 치킨에 맥주 한 캔을 마신
다거나 라면을 끓여 먹는다거나 뭐 그런 여유 말이다. 그
래서 며칠 전 새벽 여섯 시, 한강에 가고 싶다는 생각이 문
득 들어 곧장 다녀온 것이다.

생각보다 많은 사람이 운동을 하러 나와 있었고, 눈앞

에 보이는 성산대교엔 이른 아침부터 바쁘게 움직이는 차들로 벌써 북적이기 시작했다. 그 장면을 몇 분이나 멍하니 지켜보고 있다가 문득 나도 저렇게 바쁘게 살아야만 할 것 같은 느낌이 들었다. 내가 원하는 평범한 삶을 살아가기 위해선 이른 아침부터 분주하게 준비하고 미래를 위한 오늘을 살아가야 할 것 같은 기분이었다. 실은 그게 대부분의 사람에게는 평범한 일상일 테지만 말이다.

심적으로 꽤 많이 지치고 불안한 느낌이 들 땐 가끔 이른 아침 한강에 다녀와야겠다. 그렇게 또다시 분주한 성산대교를 지켜보다 보면 이대로 살면 안 된다는 걸 느낄 테니까 말이지. 그동안 당근만 주던 나에게 스스로 채찍질할 수 있는 곳이 생긴 셈이다.

우리 모두 수고했다

분명히 열심히 살아온 것 같은데 잘 생각해보면 남들 다 하는 그런 흔한 노력이었던 것 같다. 아무 노력도 없이는 아무것도 될 수 없음을 아니까 뭐라도 되기 위해서 남들만큼만 노력하고 그걸로 안심하며 현실을 멀리한 채 살았던 거지.

어떻게든 잘 살아가고 싶다는 마음에 남들이 하는 만큼 노력하고 살아왔지만, 잘 살아간다는 건 누군가와 비교하며 기준을 정하는 게 아니라 내가 만족한다면 어떤 삶이든 충분히 잘 살아가고 있는 게 아닐까 하는 생각이 들었다. 하지만 거기에 안심하고 앞으로도 어떻게든 잘 될 거로 생각하는 건 너무 미련한 짓이니, 내일의 난 조금 더 열심히 살아야겠다. 오늘도 잘 살아온 우리 모두 수고했다.

도
전

많은 것을 이루기 위해선
많은 도전을 해야 합니다.

그 과정에서 넘어지기도 할 테지만,
넘어져도 일어서는 사람이라면
반드시 그 많은 도전을 이루어 낼 것입니다.

완벽할 수는 없지만

좋은 글을 쓰고 싶다는 욕심에 수십 개의 문장을 썼다 지우기를 반복했다. 그중 나만 이해할 수 있는 글도 있었고 모든 사람이 이해하기는 쉽지만, 글이라고 하기에 부족함밖에 없는 글자를 나열해두기도 했다. 처음 글을 쓰기 시작했을 때에는 내가 느낀 것을 어떠한 꾸밈이나 거짓 없이 적는 것만을 생각했지만, 이제는 문장 하나하나에 욕심을 넣는다.

먼 훗날 내가 다시 읽었을 때 부끄럽지 않은 글을 쓰고 싶다. 물론, 먼 훗날 보게 되었을 때 후회가 남는 글을 쓰기도 할 것이다. 더 매끄럽고 좋은 문장을 쓸 수 있었을 텐데 하는 후회 같은 거 말이다. 이건 사실 후회라고 하기보다는 과거의 나보다 미래의 내가 더 성장했다는 사실이기도 하니 좋은 일이다. 하지만 부끄럽지 않은 글이라는 것은 온전히 내 생각으로 만들어진 글을 쓰자는 것이 크다. 그래서 많은 양의 원고 작업을 할 때는 책을 몇 달 전부터 읽지 않거나 타인의 글을 안 읽으려 노력한다. 무의식적으로 내 생각이 아닌 타인의 생각을 나타낼 수도 있을 것 같다는 생각 때문이었다. 이건 첫 책을 쓰기 시작할 때부터 지켜 온 나의 철칙 같은 것이다. 내가 완벽한 사람이라면 그런 과정조차 필요 없이 하고 싶은 생각만 할 수 있었을 테다. 하지만 어떤 사람이든 완벽하지 않기에 무슨 일을 완벽히 해내고 싶을 땐 자기만의 방식대로 어떠한 과정을 거치는 것도 방법이다. 완벽해지고 싶다는 건 욕심이고 그 욕심을 위해 이 정도의 노력이나 희생은 필요한 것이다.

단점이 더 많더라도
한 가지의 장점만 있다면

오랜만에 부산에 있는 친구에게 연락했다. 시시콜콜한 대화와 함께 간단한 안부를 묻기도 했고 친구들의 소식을 전해 듣기도 했다. 이제 다들 나이가 나이인지라 군대는 물론이고 서로의 앞가림을 위해 정착하며 살아가고 있었다. 어릴 적부터 친하던 친구들과는 이제 잘 보지 않게 되었지만, 다툼이 있었다거나 그런 것이 아니라 자연스레 멀어진 것이었다. 하지만 유독 친했던 친구 한 명에게 친구들의 소식을 종종 듣고는 한다.

나를 제외한 모든 친구는 아직도 부산에 있었고 나름대로의 계획을 갖고 잘 살아가고 있었다. 사실 그 이야기를 듣는 내내 어딘가에 정착하며 그나마 안정적으로 살아갈 수 있다는 게 꽤 많이 부러웠다. 친구들은 그렇게 생각하지 않을 수도 있지만, 어딘가에 정착을 할 수 있다는 것만큼이나 마음에 안정을 가져다주는 게 없다. 타인의 삶과 내 삶을 비교하는 것이 옳은 일은 아니지만 잠시 마음이 흔들렸던 것 같다. 물론 지금의 나도 어딘가에 취직해서 직장생활을 하며 살아갈 수는 있지만 이미 평생을, 그리고 성인이 되고 몇 년을 자유에 가까운 상태로 살아왔기에 그게 잘 안 된다. 포기하고 안 하고의 문제가 아니라 이제는 조금 두렵다고 하는 게 맞는 것 같다. 사회생활을 일찍 시작했다고 할 수도 있지만, 그렇다고 직장을 다니는 것처럼 보편적이고 안정적인 사회생활은 아니기 때문이다.

이래서 모든 일에는 장단점이 있다고 말하는 것 같다. 앞으로도 나의 생활에서 발생하는 단점들이 조금씩 더 생겨날 것이다. 하지만 난 지금 하는 일이 좋다. 글을 쓰고 누군가에게 읽히는 일이 어떤 단점이든 극복하게 만들어 줄 것이다.

여력이 없습니다

죄송합니다

가끔 나의 글을 읽어주는 독자님들에게 연락이 올 때가 있다. 수십 줄이나 되는 장문의 내용으로 자신의 고민을 털어놓고서는 자기를 위로해줄 수 있는 말을 찾거나 나에게 어떠한 정답을 원하는 분들도 계신다. 이건 얼굴을 단 한 번도 본 적 없고 마주칠 일이 없는 완벽한 타인이기에 털어놓을 수 있는 고민인데, 요즘은 그것들은 완벽하게 무시하고 있다. 사실 무시하고 있다기보다 그것들을 받아줄 수 있는 여력이 남아있지 않은 것이 이유였다.

그분들의 고민 중 나와 상황은 다르지만, 근본은 비슷

한 고민도 있기에 힘이 될 만한 글이 있다면 나라도 읽어 보고 싶은 심정이다. 하지만 이 고민을 해결할 수 있는 방법 정도는 알고 있다고 생각한다. 그렇기에 난 고민을 하며 시간을 보내기보단 앞으로 나아갈 생각만 하기로 했다.

언제가 될지 모르지만 언젠간 다시 마음에 여력이 생길 때에는 내가 행하고 있는 방법이 고민의 열쇠가 된다면, 나와 비슷한 누군가에게는 확실한 대답을 해줄 수 있지 않을까 싶다. 고민은 할수록 짙어져 가기만 하는 새벽과도 같은 것이고, 따사로운 아침을 만들어 내는 건 짙은 어둠의 일이 아니라 떠오르는 해의 역할이라고. 그러니 해가 뜰 어느 날을 위해서 앞으로 굳건히 나아가는 것밖에 지금의 우리가 할 수 있는 일은 없다고.

생각보다 단순한 세상

걱정하지 마라. 세상은 생각보다 단순하게 흘러간다. 노력이 결과와 비례한다는 말을 맹신하지 마라. 노력이 배신하지 않는다는 말은 반드시 성공을 가져다준다는 게 아니라 노력으로 얻은 것들을 배신하지 않는다는 것이다. 생각보다 단순한 세상을 어렵게 만드는 사람은 다른 누구도 아닌 자신이다.

특권

우리 모두에게는 꿈을 꾸고 살아가던 때가 있었고 현실을 살아가다 보니 그 꿈들이 생각처럼 쉽게 이루어지지 않아서 조금씩 현실에 맞춰 살아가게 되었다. 꿈을 꾸는 건 누구나 가능한 일이지만 꿈에 마음껏 도전할 수 있는 건, 그 시기에 주어진 특권이라 생각해도 좋다. 후회 없는 미래를 위해서 후회 없는 오늘이 되기를. 그렇게 매일을 살아가다 보면 어느덧 가장 빛이 나는 사람은 당신일 테니.

꿈은 계속 생겨난다

꿈을 이루지 못한 사람은 있어도 꿈 없이 살아본 사람은 없다. 분명히 누구에게나 꿈은 있었다. 앞서 말한 것처럼 단지 이루지 못한 사람이 있을 뿐이다. 꿈은 있다가도 없는 것이라고 그랬다. 혹은 꿈을 이루면 또 다른 꿈이 생겨난다고도 그랬다. 누군가는 자기 스스로 위로한답시고 꿈을 이루면 또 다른 꿈을 이루기 위해 노력해야 한다며 일부러 꿈을 이루지 않는 것이라는 말을 하기도 한다. 분명 사람의 욕심은 끝이 없기 때문에 소원했던 꿈을 이루게 된다면 또 다른 꿈이 머지않아 생겨난다는 것 정도는 나의 경험에서도 느꼈기 때문에 잘 알고 있다. 하지만 그게 사람이 살아가는 방식이라고 한다면 나는 잘 모르겠다.

　몇 번의 꿈을 이루더라도 또 다른 꿈은 또다시 생겨날 텐데 그럴 때마다 나의 꿈을 위해 나를 잃어가는 느낌이 들 것 같다. 매 순간 최선을 다한다는 것은 분명 좋은 일이지만, 매 순간 최선을 다하려고 그 순간에 온 힘을 싣고 열심히 살다 보면 어느새 나를 잃을 것 같은 느낌이 든다. 나의 행복을 위해 나를 잃어간다면 나를 잃고 쟁취한 행복은 온데간데없이 사라질 것 같다. 과연 어떤 게 맞는 것일까. 적당한 꿈 하나를 두고 꾸준하게 살아가고 싶은 건 내 욕심일까.

조금 더 나은 사람이 된다고 해서
조금 더 나은 삶은 아닐 겁니다

어떻게 살아갈 것이냐는 질문을 받게 된다면 조금 더
나은 사람으로 살아갈 수 있게 노력하는 삶을 살 것이라는
말밖에 할 말이 없을 것 같다. 사실 이건 내가 어떻게 살아
가야 하냐는 질문에 대한 정답이라 생각하는 말이다. 사실
은 어떻게 해야 조금 더 나은 사람으로 살아갈 수 있을지
구체적으로 대답할 수 있을 줄 알았는데, 아직 한 번도 누
군가에게 저런 말을 들어본 적이 없었던 터라 어느 날 문
득 스스로 질문했다. 어떻게 살아갈 것이냐고. 곰곰이 생
각해봤는데 결국 어떻게든 조금 더 나은 사람이 되기 위해
살아가면 된다는 결론만 나왔을 뿐, 과정은 하나도 그려지
지 않았다.

물론 결론도 중요하지만, 결론만큼이나 중요한 게 과정이라고 생각한다. 나의 결론이 조금 더 나은 사람으로 살아가는 것이라면 그것에 대한 과정은 아직은 잘 모르겠다. 어제보다 더 나은 오늘을 살았을 수도 있지만, 어제보다 더 못한 오늘을 살았을 수도 있다. 조금 더 나은 사람으로 살아간다는 게 이렇게 복잡한 것일 줄은 몰랐다. 간단하게 생각하고 싶지만 간단하게 생각할 수 있는 문제가 아니지 않는가. 어쩌면 조금 더 나은 사람이되어야 한다는 강박관념 때문에 나를 이토록 혼란스럽게 만든 건 아닐까. 만약 그렇다면 조금 더 나은 사람이라는 욕심을 버리는 순간부터는 달라지는 것일까. 정답은 없지만, 정답을 찾기 위해 내가 할 수 있는 일이라고는 신에게 기도나 하는 게 아니라는 것만은 확실하다.

겨울은 추워야 합니다

이번 겨울은 유난히 기온이 높습니다. 겨울이라 하기에는 따뜻하고 가을이라고 하기에는 조금 춥습니다. 덕분에 가장 좋아하는 날씨로 몇 달을 살았습니다. 좋아하던 눈을 아직 한 번도 못 본 것만 빼면 완벽한 겨울인 것 같습니다. 누군가에게 겨울은 빨리 지나갔으면 하는 계절일 수도 있고 또 반대일 수도 있습니다. 저마다 좋고 싫은 계절이 있는 것처럼 말이죠. 하지만 겨울이 겨울 같지 않아서 좋지 않을 때가 더 많은 것 같습니다. 추우면 추운 대로 그 계절에 맞춰 살아가는 것 또한 그 계절이 가진 특권 같은 것인데 말이죠.

이불 밖을 나서기가 두렵고 침대에 누워 따뜻하게 귤이나 까먹으며 시시콜콜한 이야기를 할 수 있는 기회가 줄어들었고, 어떤 옷을 입을까 신경 쓰지 않고 무조건 따뜻하기만 하면 된다며 몇 겹이든 껴입고 돌아다니는 일도 못하게 되었습니다. 앞서 말했지만, 기온이 따뜻한 탓에 눈도 못 봤습니다. 흩날리는 눈을 몇 번을 보긴 했으나 쌓인 적 한번 없이 그냥 사라져버렸습니다. 너무 쓸쓸하잖아요. 1년을 기다렸던 눈인데 오래 보지도 못 하고 그냥 스쳐 지나가기만 해버리는 건요.

겨울은 추워야합니다. 그래야 우리가 겨울에만 할 수 있는 몇 가지 행위들로 소소한 행복을 느낄 수 있는 것입니다. 누군가에겐 불편할 수도 있겠지만 겨울은 추워야 되는 시기입니다. 조금 더 추워졌으면 좋겠습니다. 그래야만 저에게 소소한 행복을 얻기 위해 노력할 수 있는 힘이 생길 것 같거든요.

희망보단 꿈을

희망을 품는다는 건 고문입니다. 차라리 꿈이나 가지고 사세요. 꿈은 꾸는 것만으로도 행복하잖아요. 희망은 헛된 순간이 오면 무너지기 쉽거든요.

뻔한 응원

뻔한 말입니다.

"힘내세요. 안 힘든 사람이 어디 있겠냐마는 그렇다고 힘내지 못할 이유도 없잖아요."

다시는 제 입에서 이런 뻔한 말이 나오지 않게 살아주세요. 제 걱정이 필요하지 않을 만큼만 힘들어하라는 말입니다. 안 힘든 사람이 정말 얼마나 있겠어요. 힘들어해도 되는데 제 오지랖이 당신에게 가지 않아도 될 만큼, 그러니까 조금만 힘들어하고 금방 털어내고 일어서는 사람이 되어달란 말입니다.

누구나 한 번쯤은
노력하며 살아갑니다

누구나 살아가면서 한 번쯤은 열심히 살아본 적이 있습니다. 열심히 산다는 것은 누군가가 옆에서 아무리 도움을 준다고 해도 스스로 그렇게 살아갈 의지가 없으면 그렇게 살아갈 수 없는 것입니다. 지금 생각해보면 어떻게 그렇게 무언가에 홀린 듯 아무 생각도 없이 열심히 잘 살아왔는지, 과거의 자신을 부러워하게 되는 날도 있습니다. 지금의 내게 그런 의지가 있다면 조금 더 나은 삶을 살 수 있지 않을까 착각하게 될 정도로 말이죠.

그런데 있죠, 정말 말 그대로 착각인 것 같습니다. 그땐 몰랐던 나의 노력 같은 게 이제야 느껴진다는 건 지금 나의 노력이 부족하다는 게 아니라 과거의 내가 그만큼의 노력을 했었기 때문인 거잖아요. 그렇기에 지금의 내가 있는 거고 그러다 보니 매일매일 조금 더 나은 사람이 되기를 원할 수밖에 없게 되는 겁니다. 매일매일 더 나은 사람이 되어야 할 이유도, 그럴 필요도 없습니다. 물론 어제보다 더 나은 오늘이 되면 좋고 오늘보다 더 나은 내일이 오길 바라는 게 사람 마음인지라 그 욕구를 끊어내기가 쉽지는 않을 겁니다. 그래도 어쩌겠어요. 지금의 나는 과거의 나보다 젊어지고 앞으로 나아가야 할 것들이 너무 많은걸요. 당신이 어떤 노력을 해왔든, 지금의 당신에게 필요한 노력이 아니었다고 할지언정 우리의 삶에서 쓸데없는 노력은 절대 없는 겁니다. 운동선수에게만 운동이 필요한 게 아니고 요리사에게만 요리비법이 필요한 건 아니지 않습니까. 뭐든지 배워두면 좋다는 말이 괜히 있는 게 아닙니다. 배워본 적도 없는 것이라고 해서 당신의 꿈을 포기하지 말고 무엇이 되고 싶다면 그것을 위해 노력을 하면 되는 겁니다.

어릴 땐 뭐가 좋은지도 모르고 무작정 남이 시키는 대로 하는 게 노력이었습니다. 이제 우리에게는 남이 시켜서 얻게 되는 노력의 결과물이 아니라 우리의 삶을 지켜나가는 데 필요한 노력을 해야 합니다. 지극히 개인적인 생각이지만, 사람은 평생 버티는 삶을 살아가고 있다고 생각합니다. 언제까지나 버티는 삶을 살아가는 사람이기에 타인에게 기대는 방법 말고 스스로 기댈 수 있는 사람이 되었으면 좋겠습니다. 그것도 노력의 일부분이 될 수 있겠네요. 나를 위한 삶을 살기 위해 가장 처음으로 해야 할 일이 나를 의지하는 일이 될 테니까요.

어제보다 더 나은 오늘이 되지 못하더라도 오늘보다 더 나은 내일을 만들지 못하더라도 괜찮습니다. 그건 전부 다 당신이 그동안 열심히 살아왔던 탓에 당장 눈치채지 못하는 것일 뿐입니다. 작고 사소한 것들의 힘을 믿고 쭉 나아가는 삶을 살아가기를 바랍니다.

노
력

아무리 열심히 살아도 결국은 제자리인 것 같다면 당신의 높이가 올라간 것이라고 생각해봐요. 노력은 쉽게 배신하지 않아요. 스스로 부끄럽지 않을 만큼 노력했다면 당신은 결코 제자리가 아닐 겁니다. 단지 당신의 눈높이가 오른 탓에 느끼지 못했던 것일 뿐입니다.

기억하세요.

나에게 부끄럽지 않은 노력이 있다면

당신은 반드시 성공할 겁니다.

떳떳한 어른으로

나에게 잔소리하는 사람이 없어졌다. 잘 살아가고 있어서가 아니라 알아서 잘 살아가야 하기에 그런 소리를 들을 수가 없는 것이다. 알아서 잘 헤쳐나가야 한다. 누구 하나 어떻게 헤쳐나가야 하는지 알려주는 사람이 없더라도 어떻게든 최소한 한 사람의 몫은 하며 살아야 할 때이다. 어릴 땐 잔소리해줄 때가 좋은 것이라는 말을 이해하지 못했지만, 이제는 너무 잘 이해가 된다. 그 말을 이해했을 때부터 한 사람 몫은 하며 살아갈 준비를 해야 할 때가 다가오고 있다는 것을 알아두면 될 것 같다.

잔소리를 좋아하는 사람은 어디에도 없다. 그토록 듣기 싫었던 잔소리가 이제는 없으니 잔소리 탓도 하지 못

한다. 더는 물러설 곳이 없다. 벼랑 끝에 서 있다 생각하고 앞으로 나아가지 않으면 벼랑 끝으로 떨어지게 된다는 것을 인지하고 살아가자. 이제는 내게 어릴 때처럼 잔소리를 해줄 사람은 없지만, 내가 언젠간 누군가에게 잔소리를 할 수 있는 사람이 될 만큼 떳떳한 어른이 되자. 나도 누군가에게는 듣기 싫은 말을 하겠지만, 그래서 더 기억에 남는 감사한 사람이 될 수 있게.

스스로를 위한 삶

우리의 삶이 누군가에게 인정받기 위해 살아가는 삶은 아니다. 오로지 본인이 만족해야 하는 것이 삶이다. 스스로 만족했다면 남이 보기에 부족한 것이라도 충분한 삶이라는 뜻이다. 하지만 요즘 우리의 삶이 그렇지만은 않다. 보여주기 좋아하고 남에게 인정받기 위해 노력하는 경우가 종종 생기기도 한다. 누군가는 남에게 인정받아야만 하는 삶을 살아가기도 한다. 왜 이토록 자신의 삶을 남과 비교하며 타인보다 더 나은 삶을 살아가길 원하는 것일까. 열심히 살아가는 것의 기준조차 본인 스스로가 정한 기준에 의해 살아가면 되는 것인데, 남보다 못한 하루를 보낸 것 같으면 이렇게 살아도 되나 싶은 생각이나 하게 된다.

나만 하는 생각이 아니라 요즘 대부분의 사람이 이런 생각을 하고 살아간다. 나름대로 참 열심히 살았고 고생했다는 말을 들으며 하루를 마무리해야 마땅한 사람들이 오늘의 부족함 때문에 내일이 다가오는 것에 대한 두려움이나 압박감을 느끼고 있는 게 현실이다. 무엇부터 잘못된 것인지 알 수는 없지만, 분명 이건 잘못된 것이다. 나를 위한 삶이 어찌하여 남에게 인정받아야 성공한 삶이 되고 있는지 모르겠다. 나보다 더 열심히 한 사람이 좋은 곳, 좋은 음식, 좋은 옷을 누리는 건 당연한 세상의 이치다. 절대 부당하다고 생각할 수 없는 것이다. 개인이 만족하는 만큼 살아갔으면 좋겠다. 개인의 만족에 타인의 인정이 들어가지 않은 선에서 말이다.

끝이 어딘지도 모르고

살면서 어떤 것이든 단 한 번도 성공해본 적 없는 사람은 없을 것이다. 자기도 모르는 어떠한 일에 성공해놓고 성공이라고 생각하지 않을 뿐이지. 그러니 모든 사람은 자신이 원하는 어느 정도의 기준까지는 성공할 수 있다. 이미 다들 어떠한 일에서든 성공을 경험했던 사람들일 테니까. 길을 아는 사람은 초행길인 사람보다 더 짧게 느낄 테니까. 끝이 어딘지도 모르고 끝까지 해봤던 사람들일 테니까.

죽어가다

자, 우리는 지금부터 살아가는 게 아니라 죽어가는 겁니다. 그러니 우리가 해야 할 건 당장 내일이 어떻게 될지도 모르니 당장 할 수 있는 것을 하는 것입니다. 그렇게 죽어가는 도중에 살아가고 싶다고 느낄 만한 일들이 당신의 삶을 더 오랫동안 죽어가게 할 겁니다. 오늘부터 우리는 최선을 다해 죽어가는 겁니다. 그러다 행복이라도 마주하는 날에는 행복하게 죽어가는 것도 나쁘지 않을 것 같습니다.

반성문

하루를 마무리할 때에 뿌듯한 기분을 느낄 수 있는 하루를 보냈다는 건 어떤 것과 비교할 수도 없는 희락입니다. 서울에 이사를 온 후 그런 날이 없었습니다. 한 계절이 다 지나가는 시간 동안 꽤 많이 나태한 삶을 살아왔습니다. 이렇게 살면 안 되겠다 싶은 생각을 수십 번이나 했지만, 첫 단추를 끼우기가 썩 어려웠습니다.

열심히 살겠습니다. 오늘 느낀 뿌듯함을 잊지 않겠습니다. 일종의 반성문 같은 겁니다. 나태하고 싶을 때 조금은 해이해지는 건 용서가 되지만, 나태함을 이겨내지 못한다는 건 용서가 될 수 없습니다. 성공을 바라면서 좌절의 방향을 바라본 채 앞으로 나아가는 꼴입니다. 놀고먹는 걸

싫어하는 사람이 얼마나 있겠어요. 사람을 만나 술이라도 한잔하고 시시콜콜한 대화에 박장대소를 하며 웃을 수 있다면 누가 그걸 마다하겠어요. 하지만 날마다 그렇게 보낸다는 건 미련한 겁니다.

늦었다고 생각할 때는 정말로 늦은 거고, 급할수록 노력해야 하는 겁니다. 지금의 제가 느끼는 건 그럴 때일수록 늦지 않았다 착각하지 않아야 하고 돌아가느라 시간을 낭비해서는 안 되는 시기라는 겁니다. 아직은 뭐 하나 제대로 내 것이라고 할 수 있는 것이 없어서 안절부절못하는 탓에 이렇게 생각하는 것일 수도 있겠습니다만. 지금 저에게는 옛말은 틀리지 않는다는 말이 그다지 중요하지 않습니다.

다시 한번 말하지만, 늦었다 싶으면 늦은 겁니다. 약속 시각이 여덟 시인데 여덟 시에 출발하는 것이 늦은 게 아니면 뭐라고 설명할 겁니까. 제 기준에서 저는 꽤 늦었습니다. 버스를 타고 지하철을 환승해서는 약속한 시각에 도착하지 못합니다. 다들 알고 있지 않습니까. 그러니 조금은 내게 무리가 오더라도 그동안의 나태에 대한 벌이라 생각하고 열심히 살아가겠습니다. 매일을 오늘 느낀 뿌듯함과 함께 잠들겠습니다.

사랑을 받을 줄만 알고 주는 방법을 모르는 사람이 너
무 많다. 조금 덜 받고 조금 더 사랑하면 어떤가. 사람을 아
끼고 사랑할 수 있는 것만큼 당신에게 큰 축복은 없다.

3 부

모두에게 사랑받을 수 없지만

그런 사람을 잃게 되어
차라리 잘된 일입니다

어릴 적엔 나에게 상처를 준 누군가에게 저주가 가득 담긴 말을 자주하곤 했다. 그 사람이 하는 모든 일이 잘 풀리지 않았으면 좋겠고 그냥 망해버렸으면 좋겠다는 생각만 했다. 물론 내 생각대로 그 사람이 망한 적은 한 번도 없었던 것 같다. 괜히 그 사람을 미워하는 데에 쓸데없는 시간을 투자하고 있었던 것이다. 이제 와서 생각해보면 내가 아무리 저주를 한다고 한들 무슨 소용이 있겠는가. 그땐 그렇게라도 하지 않으면 속에 있던 응어리 같은 게 풀리지 않아서 그랬던 것 같은데, 이제는 나도 그런 상황에 대한 생각이 많이 바뀐 것 같다. 그런 사람은 원래 그런 사람이니 차라리 이제라도 알게 되어 다행이라고. 나와 조금 더 가까워지기 전에, 나에게 조금 더 소중한 사람이 되기 전에 알게 되어 다행이라고 말이다.

차라리 시간을 낭비하지 않고 나에게 투자하는 시간을 가지려 한다. 나에게 상처를 준 그 사람들이 후회하는 날이 반드시 오게 될 것이고 저주를 하는 것조차 아직도 나에게 상처를 준 그 사람들에게서 벗어나지 못한 이라는 것을 알게 되었기 때문이다. 원래 상처를 준 사람은 아무것도 모르고 두발 쭉 펴고 잘 잔다. 그렇다고 해서 복수하는 건 너무 구차한 행동이다. 그 사람들과 같은 사람이 되지 마라. 당신이 그런 사람과 같은 부류의 사람일 리 없을 테니까. 아무도 당신에게 상처를 줄 수 없다.

믿음의 부재

사람을 믿지 못할 지경이 될 때까지 사람에게 아파한 적이 있습니다. 사람이라는 이유만으로 자신마저 믿지 못할 만큼 말이죠.

또
다
시

    어떤 아픔을 겪어도 조금이나마 괜찮아지는 날은 오지만, 언젠간 또다시 같은 이유로 아픔이 찾아올까 두려워 그 아픔을 잊지 못하는 건 아닐까.

관
계

멀어지는 관계에 상처받지 않기.
어떤 사람이든 편견을 갖지 않기.
빈자리를 위한 관계를 만들지 않기.

관계에서 상처받지 않게.

사람은 사람으로

사람에게 받은 상처는 사람으로 잊어야 할 수밖에 없는 사람이 있습니다. 제가 그런 사람입니다. 또다시 사람에게 다가가는 이유가 뭐라고 생각하시나요. 아직 덜 아팠거나 멍청해서 그렇다고 생각하지는 않으시길 바랍니다. 또다시 사람에게 다가가는 이유는 그만큼 절실하다는 겁니다. 다시 아프게 되더라도 몇 번이든 사람을 믿어야 하는 게 제 운명이라면 운명이라 하겠습니다. 그러니 제 운명대로 누군가가 저에게 상처를 주고 떠나게 된다면, 새로운 누군가를 제 곁으로 보내주셔야 합니다. 저는 그만큼 사람이 절실하거든요. 사람에게 계속해서 상처를 받게 되더라도 얼마든지 견뎌낼 수 있을 만큼이요.

사람에게 사랑받고
사람에게 사랑 주고

잘 알고 있지 않은가. 모두에게 사랑받고 좋은 말만 들으며 살아갈 수 있는 사람은 세상에 존재할 수 없다는 걸. 차라리 아무에게도 사랑받지 않고 살아가는 게 더 쉬운 일이라는 걸 말이다. 그렇지만 당신은 사랑받아야 마땅한 존재이기에 누군가에게는 사랑을 받으며 살아가게 될 것이다. 그리고 누군가에게는 미움을 받으며 살아가게도 될 것이다.

모두를 사랑할 수 없으니 모두에게 사랑받을 수 없고 모두를 미워하며 등지고 살아갈 수 없으니 세상을 받아들이며 묵묵히 살아가야 하는 것 아닌가. 모두에게 사랑받는다고 해서 뭐가 더 좋아질 것이며, 모두를 사랑한다고 해서 어떤 행복을 누릴 수 있단 말인가. 비록 당신이 누군가에게 미움을 받고 누군가에게 사랑을 주는 만큼 돌려받지 못한다고 해서 지금 당장 무슨 문제란 말인가. 당신을 사랑해주는 누군가가 존재하고 당신은 누군가에게 사랑을 줄 수 있는 엄청난 힘을 가진 사람이다.

사랑을 받을 줄만 알고 주는 방법을 모르는 사람이 너무 많다. 조금 덜 받고 조금 더 사랑하면 어떤가. 사람을 아끼고 사랑할 수 있는 것만큼 당신에게 큰 축복은 없다. 이게 언젠간 당신에게 약점이 될 수도 있겠지만, 당신에게 무엇보다 큰 자산으로 남을 것이다.

평가

내가 없는 어딘가에서 나의 삶은 누군가에게 가끔 평가 당하기도 할 것입니다. 나의 노력은 누군가에게 있어서 당연한 과정 정도로 불리면서 말입니다. 누군가의 삶을 평가할 수 있는 사람은 그 삶을 살아온 당사자밖에 할 수 없습니다. 그러니 내가 살아온 세상이 어떻든 타인의 삶을 평가하는 일을 해서는 안 되는 겁니다. 누가 어떻게 살아왔는지는 중요하지 않습니다. 누가 되었든 그들만의 삶 그대로 벅찬 삶일 테니까요.

겪어본 적도 없는 아픔을
마치 그렇게 아픈 건 당연한 것이라는 듯
말 한마디로 정의를 내리는 사람도 있지.

모든 세상이 자기중심적인 그런 사람들.

얻는 것과 잃는 것

자존심을 내려두는 순간 꽤 많은 것들이 편안하게 다가오게 됩니다. 처음에는 어색할 수도 있겠지만, 그게 우리가 평소 누리지 못했던 평온이라는 겁니다. 괜히 마음써가며 지키지 않아도 될 자존심은 내려두는 게 옳은 선택인 겁니다.

자존심은 내려놔도 됩니다.
자존감을 내려두진 말아요.

함부로 다정하지 않겠습니다

누군가가 많이 보고 싶을 때가 있습니다. 꽤 의지도 많이 됐었던 사람이고 나의 지난 청춘을 장식해준 사람이기도 했었습니다. 그랬던 사람과 멀어졌습니다. 몸도 마음도 전부 말이죠. 그래서 누군가에게 쉽게 정을 주지 못합니다. 이게 핑계가 안 될 수도 있지만, 많은 사람이 사람에게 정을 주는 것을 좋아하면서도 두려워합니다. 모든 사람이 겪었을 감정이니 굳이 설명하지는 않겠습니다.

지금 내 곁에 있는 사람들에게도 항상 불안한 마음이 큽니다. 하지만 나만 그런 것은 아닐 겁니다. 그러니 크게 걱정하지 않기로 마음먹었습니다. 이쯤 되면 모두가 비슷한 경험과 비슷한 생각을 가지고 서로를 놓치지 않을 사람이라는 결론이 제 결론입니다. 이 결론을 짓는 중에 다정함이 독이 될 수도 있겠다는 생각도 했습니다. 그래서 함부로 다정하지 않기로 했습니다. 다정한 마음은 걷잡을 수 없이 커져 버리기 십상이니 그렇게 되면 나의 마음이 어떻든, 상대에게 넘치게 될 수도 있을 테니까요. 이젠 잘 압니다. 노력은 이미 해볼 만큼 했으니 노력이 아닌 다른 무언가로 이어가게 될 관계라는 걸요. 다정함이 독이 될 수 있습니다. 나에게도 남에게도 함부로 다정하지 않겠습니다.

비
난
과
비
판

　　나를 비판하려고 하는 사람이 있다면 그 사람의 비판
을 듣고 한 번쯤은 반성하는 시간을 갖도록 해야 합니다.
여기서 잘 판단하셔야 하는 게 있는데, 비판과 비난은 명
백히 다른 것입니다. 나를 비난하려고 하는 사람의 말을
들을 필요는 없지만, 나에 대한 비판을 할 수 있는 사람이
라면 그 사람의 말을 듣고 나의 언행을 한 번 정도는 생각
해봐야 하는 겁니다. 아무리 혼자 살아가는 세상이라고는
하지만 남의 이야기를 귀담아들을 줄 아는 사람이 결국은
혼자서도 잘 살아갈 수 있는 사람으로 성장해나갈 수 있는
겁니다.

좋은 사람 나쁜 사람

좋은 사람과 나쁜 사람의 기준은 개인이 선택해야 할 권리 같은 것이다. 모든 사람은 누군가에게는 좋은 사람이었다가 나쁜 사람이 되기도 한다. 누군가에게 싫은 소리를 들었다고 해서 주눅들을 필요가 없다는 말이다. 나와 그 사람 단 두 명의 관계에 대한 평가일 뿐이다.

모
두
에
게

모두에게 좋은 사람이 되려고 하지 마라. 모두에게 좋
은 사람이 될 수 있는 사람은 없다. 모두의 입맛에 맞는 음
식은 없고 모두의 취향에 맞는 향수가 없고 모든 사람이
듣기 좋아하는 노래가 없는 것처럼 말이다. 먹기 싫은 음
식은 안 먹게 되고 좋아하지 않는 향수는 뿌리지 않게 되
고 듣기 싫은 노래는 안 듣게 되는 건 당연한 것이다.

사람도 마찬가지다. 보기 싫은 사람이 있다면 보지 않
으면 되는 것이고 나를 멀리하는 사람을 볼 필요가 없는
것이다. 모두에게 좋은 사람이 되는 건 어떤 신도 이루어
내지 못할 일이다. 흔히 부처와 예수를 나누어 믿는 것처
럼 말이다. 모두가 당신을 좋아하지 않는 것처럼 모두에게
좋은 사람이 되려고 하지 마라.

보기 싫은 사람이 있다면 보지 않으면 되는 것이고
나를 멀리하는 사람을 볼 필요가 없는 것이다.

약점

나에게 있어 소중한 무언가가 나의 유일한 약점이 될 수도 있습니다. 하지만 소중한 것들을 지키기 위해서 사람들은 어느 정도의 위험을 감수하곤 합니다. 나의 약점이 될 수도 있는 이것을 지켜야 한다는 게 소중한 것의 유일한 단점입니다. 단점이 장점이 되는 기적이라도 바라면서 지켜나가기만 하면 되는 겁니다.

생각보다 삶을 살아가면서 무언가를 걸 만큼 소중한 것들은 그리 많지 않습니다. 이번에 포기하면 언제 또다시 이토록 소중한 것을 내 삶에서 얻게 될 수 있을지 모른다는 말입니다. 그리고 약점이 있다고 한들 무슨 상관인가요. 오히려 약점이 있어도 약점을 노리지 않는 더 소중한 관계를 찾을 수도 있게 되겠죠.

마음이 다시 돌아온다고 한들

당신에게서 멀어지려고 발버둥 치는 관계를 붙잡는 행동은 더 나은 사람이 될 수 있는 길을 스스로 늦추는 일입니다. 당신에게서 계속해서 멀어지려고 하는 사람에게 어떠한 노력을 하지 않았으면 좋겠습니다. 이미 떠난 마음이 다시 돌아온다고 한들 이미 지난 시간은 돌아오지 않을 테고 그 사람이 당신을 떠나려고 했던 사실 또한 계속해서 당신을 괴롭히게 될 테니까요. 당신이 해야 할 일은 떠난 것을 후회하게 만들어주는 것입니다. 그 방법은 당신도 잘 알고 있을 거고요.

눈
에

보
이
는

눈에 보이는 것을 믿어야 하지만
눈에 보이는 것만이 전부는 아니다.

다
쓴
커
피
잔

가끔은 혼자가 되어도 좋습니다.

온전히 혼자가 된다는 것은
누군가에 의해 곧장 다시 태어날 수 있는
기회를 얻는단 의미가 될 수도 있으니까요.

남을 위하는 게 아닌
나를 위하는 일이 필요한 때

남을 위한 말은 그렇게 잘하면서 나를 위해서는 몇 마디의 단어도 못 뱉는 것 같습니다. 제 성격이 조금 그렇습니다. 헌신하는 것에 보람을 느끼고 나로 인해 누군가에게 행복을 안겨줄 수 있다면, 그게 바로 나의 행복이라고 생각하는 거 말입니다. 미련한 성격이긴 하지만 남을 위하는 게 나쁜 것만은 아니니까 괜찮은 것 같습니다. 하지만 가끔 저도 평범한 사람인지라 지치고 힘들 때가 있습니다. 예전엔 그러려니 하며 언젠가 시간이 해결해줄 거라는 생각으로 어떻게든 잘 버텨냈지만, 이제 그러기에는 너무 많이 무너진 것 같습니다. 앞으로 또다시 무너지게 된다면 보통의 일이 아닐 거라 생각될 만큼이요.

그러니 이제 저를 위한 시간을 조금 가져보기도 해야겠습니다. 이제는 어느 정도의 일에 쉽게 무너지지는 않겠지만, 무너지게 된다면 다시 일어나는 과정이 너무 힘들 것 같으니 말이죠. 저를 위해 선한 말과 선한 행동을 거절하지 않고 어느 정도는 받아보겠습니다. 내가 무너지게 되면 나를 위하지도 남을 위하지도 못할 테니까요. 남을 위하는 게 아닌 나를 위하는 일이 필요한 때인 것 같습니다.

사실 타인과 나를 위한 이기적인 마음입니다.
오직 나의 행복을 위해 타인을 위하고 싶습니다.

마음 편히 하루를 잃어주세요

너무 바쁜 삶을 살아가느라
당신을 잃어간다고 느껴질 땐
가끔은 당신 곁에 있는 좋은 사람들에게
당신을 잃어보는 건 어떨까요.

어차피 잃는 건 똑같지만
얻어가는 건 꽤나 큰 힘이 될 테니까요.

서로가 서로에게

나에게 없어서는 안 될 존재들에게
나 또한 그런 사람으로 자리 잡기를.

서로가 서로에게 그런 존재로
서로의 삶을 응원하며 살아갈 수 있게.

친구

학교에 다닐 때엔 매일 보던 친구가 있어서 그런지 친구가 보고 싶다는 걸 느끼지 못하고 살았어요. 그렇게 성인이 되고 모두가 대학이나 직장을 가게 되면서 타지로 흩어지다 보니 잘 못 만나게 되는 게 당연한 거더라고요. 그래도 가끔은 연락하고 지냈는데, 이젠 서로의 앞만 보고 달려가야 하는 탓에 자연스레 멀어지게 되더라고요.

각자의 위치에서 각자에게 어울리는 관계에 스며들어 있겠지만, 그래도 가끔은 어릴 적 철없던 시절의 시시콜콜한 이야기를 나눌 친구 하나 곁에 없다는 사실이 너무 슬프게 다가옵니다.

오늘은 이런 친구들에게 보고 싶다는 말 한번 전하는 게 어떨까요? 당장 볼 수는 없겠지만 어디에 있든 항상 내 편인 소중한 인연이잖아요.

나의 당연한 일부에게
너의 당연한 일부가

이제는 당연한 것의 일부가 되어버린 관계들도 언젠 간 내 곁에서 멀어질 날이 오겠지. 평생을 함께할 줄만 알 았던 소꿉친구들도 자연스레 멀어진 걸 보면 언젠간 반드 시 그럴 날이 오게 될 것이라는 사실을 머릿속에서 지우지 는 못 할 것이다. 당연한 것의 일부가 되었던 사람들이지 만, 어찌 보면 멀어지는 과정 또한 당연하다 할 수 있겠지. 당연한 과정에 한두 사람 정도는 비정상적으로 서로의 곁 을 지키게 될 테고. 혹시 모르지. 내 곁의 모든 사람이 수 십 년이 지나도 비정상적으로 나의 곁을 지키는 사람일 수 도 있지. 그러니 머릿속에 있는 이 생각을 빌어먹을 새벽 에 꺼내지 말아야겠다. 일어나지도 않은 일로 상처받는 것 만큼이나 멍청한 일은 없으니까. 난 내 사람들을 믿는다.

그렇기에 멀어지는 시간이 온다면 당연하게 받아들이기도 할 것이다.

이제는 당연한 것의 일부가 되어버린 나의 사람들. 언젠간 당연히 멀어지게 될 만큼의 시간이 흘러버린다면 당연하게 받아들이겠다. 하지만 지금은 아니다. 지금 내 곁에 당신들이 없다면 당장 내일이 기다려지지 않을 테고 오늘이 허무할 테다. 언제까지 그럴지는 모르겠지만 오랜 시간 동안 내 삶의 원동력이 되어주었으면 한다.

우리 모두는 혼자가 아니기에

"안 힘든 사람이 어디 있겠어요. 다들 힘들어도 버티고 살아가고 있잖아요. 힘내요."

라는 말에 위로가 될 사람이 얼마나 될까요. 남들도 다 힘드니 네가 힘든 것도 정상이라고 하는 게 과연 얼마나 큰 위로가 될까요. 오히려 독이 될 수도 있을 것 같다는 생각이 듭니다. 예전에는 좋은 말이라도 해주는 게 최고인 줄 알았는데, 혼자 지내기 시작한 후로 무엇을 해도 가끔 찾아오는 공허에 외로움을 느끼곤 합니다. 듣기 좋은 말로 위로해주는 것이 나쁘다는 건 아닙니다. 위로가 필요한 사람에게는 공감해주는 게 최고라 생각합니다. 혼자가 아니라는 걸 느끼게 해주면 되는 겁니다. 어째서인지 사람은 혼자 살아갈 수 없게 설정된 것 같습니다. 그래서 혼자가 아니라는 기분만으로도 이겨낼 수 있는 것들이 꽤나 많이 생깁니다.

혼자가 아니라는 걸
느낄 수 있도록
어떤 좋은 말 몇 번보다
함께 있어 주기로 해요.

세
상
살
이

기대야 할 때는 기대셔야 합니다. 삶이 개인의 것이라
고 해서 세상을 혼자 살아가라는 건 아니니까요. 하지만
그거 하나는 기억하셔야 해요. 기대는 것에 절대로 익숙해
지지 말 것. 나에게 기댈 공간을 내어준 사람이 기댈 곳이
필요할 때는 반드시 힘이 되어줄 것. 세상살이 전부 다 빚
지고 살아가는 겁니다.

우리의 시선

각자의 세상을 응원하는 사람들과 함께 살아가고 있습니다. 그중 하나의 세상이 출렁일 때면 그 세상에서 출렁이는 사람의 시선을 닦아줄 사람들과 함께요.

감정에는
유효기간이 없다

　감정에는 유효기간이 없습니다. 당신이 지난 과거 탓에 아직도 아파하고 휘청거리고 슬퍼하고 있다면 그래도 된다는 겁니다. 평생을 좋은 관계로 이어가는 사랑이나 우정에 유효기간은 생각도 해본 적 없으면서 슬픔이나 우울 같은 감정에는 왜 그토록 유효기간을 고집하는지 잘 모르겠습니다. 몇 개월쯤 힘들었으니 이제 더 힘들면 안 되는 거라면, 몇 개월 사랑했으니 인제 그만 사랑해야 한다는 것과 뭐가 다른 건지 모르겠다는 말입니다.

　감정도 눈치를 보며 느껴야 한다면 그 세상은 감히 지옥이라 할 수 있을 것 같습니다. 행복하지 않다면 그곳은 지옥이라 불려도 마땅한 곳입니다. 슬프거나 우울한 감정을 겪고 있다고 해서 지옥인 것은 아닙니다. 다만 그 감정을 해소하지 못했을 때 불행을 느낀다면 그곳이 지옥이 될 수는 있겠습니다. 어떻게 매 순간이 좋을 수만 있겠습니까.

슬플 땐 슬퍼하고 우울할 땐 우울할 수 있는 삶을 살아야 합니다. 우리가 살아가야 하는 세상이 매일 천국이 될 수는 없습니다. 가끔 지옥에 떨어지는 날도 있을 테고 가끔은 지옥에서 헤어 나오지 못하는 날의 연속이 될 수도 있겠습니다. 하지만 그것을 결정짓는 것은 당신의 감정이라는 것을 잊지 마세요. 감정에는 유효기간이 없습니다. 슬퍼야 할 때는 슬픔으로 풀어요. 슬픔이 불행으로 번져 지옥을 만들어내기 전에요.

추억

생각하는 것보다 시간은 빠르게 흘러갑니다. 흘러가는 시간을 걷잡을 수는 없는 일이지만 그렇게 만들어진 추억은 생각보다 오래도록 남습니다. 추억 속에서 사는 것은 안 되는 일이지만 가끔 꺼내어 볼 수 있는 추억을 만들 수 있다면 시간이 빠르게 흘러가는 것쯤은 괜찮은 것 같습니다.

내게도 봄이 온다

비가 눈이 되었고 쌓여버린 눈은 녹아내려 봄을 부른다. 내 마음속에 내렸던 비가 눈이 되어 녹아내리며 나를 봄으로 초대하는 것 같은 기분이 든다. 내게도 봄이 온다.

내가 좋아하는
어느 시인

오랜만에 좋아하는 시인의 책을 펼쳤다. 꽤나 유명한 시인이고 많은 사람에게 사랑받는 흔한 시집 한 권을 벌써 열 번은 더 읽은 것 같다. 사실 내게 있어서 이 책 한 권은 내게 남은 누군가의 마지막 흔적 같은 것이다. 열렬하게 사랑하기도 했고 뼈저리게 아픈 감정을 안겨준 누군가의 마지막 같은 것이다. 서로에게 좋아하는 무언가를 말하라고 하면 이 책을 고를 만큼 서로의 취향이 담긴 글을 써 내려가는 시인이었기 때문에 더욱더 애착이 갔던 작은 시집이었다.

아무튼 그렇게 1년 만에 이 책을 정독했는데 분명 같은 시집임에도 불구하고 처음 느끼는 감정들이 너무 많았다. 그 시절 내게 필요했던 건 나에게 공감을 줄 수 있는 사랑으로 가득한 글이었고 나의 아픔을 감싸줄 공감 같은 것이었는데, 1년 만에 다시 읽어보는 이 책엔 내가 처음 읽어보는 것 같은 문장이 눈에 꽤 많이 들어왔다. 그토록 많이 읽었던 책이고 달라진 내용도 하나 없는데 지금 나의 세상을 또다시 흔들어 놓고 있다. 이해하지 못했던 문장을 이해하게 됐다는 건, 내가 글쓴이의 상황에 어느 정도 근접한 경험을 해봤다는 뜻이 될 것이다. 물론 글쓴이의 완벽한 의도를 글 속에서 찾아내기란 정말 쉽지 않은 일이다. 하물며 직접 쓴 글도 세월이 지나고 읽어보면 이해가 안 될 때가 있는 마당에, 어떻게 다른 사람의 글을 완벽히 이해하겠는가. 하지만 분명한 건 나에게 버팀목이 되어 줬던 이 사람도 지금 내 상황에 안식처 역할을 할 수 있는 글을 써 내려갔다는 것이다. 그것만으로도 나에게는 또 다른 버팀목이 될 것이다.

언젠간 이 시인을 만날 수 있다면 '덕분에'라는 단어가 많이 들어간 대화를 나누고 싶다.

　오늘은 어떤 우울한 일이 있었다고 내뱉게 된다면 그
것을 걱정하게 될 부모님의 마음을 누구보다 더 잘 알기 때
문에, 차라리 거짓말이라도 하자는 심정이었다. 그렇게라
도 내가 안온하다는 것을 전할 수 있다면 말이다.

4부

나는 혼자가 아니기 때문에

어머니의 반찬

　며칠 전 부산 집으로부터 가장 큰 규격의 택배 박스가 두 개나 도착했다. 여분의 이불을 보내겠다던 어머니의 말을 미리 전해 들은 터라 하나의 박스에는 여분의 이불이 들어있을 거라는 사실을 알고 있었다. 나머지 박스에는 도대체 뭐가 들었길래 이렇게 무거운 건가 싶어 택배를 받자마자 박스를 뜯었다. 안에 든 내용물은 갖가지 먹을거리와 생활에 필요한 몇 가지 용품들이 들어있었다. 뭘 이렇게 보냈냐며 전화 통화를 하는데 어머니가

　"네가 없어서 더 이상 먹지 않게 된 것들을 보냈다."라고 했다. 사실 그중에는 나도 잘 먹지 않는 것들이라 아직까지 손도 안 댄 것들이 꽤 있다. 타지 생활에 혹시라도 굶

고 지내는 일이 있을까 봐 집에서 즐겨 먹던 반찬까지 새로 하고, 혹시라도 상할까 봐 얼음팩과 함께 포장해서 보내주신 것이다. 사실 이곳에 살기 시작하고 언제부턴가 혼자 먹는 밥의 반찬은 아무래도 좋다고 생각하고 있었다. 어차피 나가서 먹는 일도 많고 대충 끼니를 때우면 된다고 생각했지만, 그건 나만의 생각이었던 것 같다.

홀로서기를 시작한 사람이라면 어느 정도는 공감할 것이다. 나의 의지와 상관없이 부모의 사랑으로 가득 채워지는 냉장고에는, 며칠을 넣어놔도 식지 않는 어머니의 반찬이 있다.

가
족
愛

　사실 눈물이 꽤 많은 편이다. 슬픈 영화라던가 슬픈 가
사가 담긴 노래를 들었을 때 울먹이는 정도도. 이 이야기
를 왜 하냐면, 이삿짐 정리를 끝내고 의자에 앉아 잠시 쉬
고 있는데 아버지로부터 한 통의 전화가 왔었다. 이사하느
라 고생했다며 이번 달 월세는 아버지가 주겠다는 전화였
다. 사실 이사를 온 곳의 세가 나의 기준으로 저렴한 편은
아니었다. 어느 정도는 욕심도 있었고 주변 환경 등의 이
유로 이곳을 선택했다. 우리 집은 아주 평범한 가정이라고
생각한다. 나름 안정된 집이지만, 빚을 조금은 가지고 있
는 정도 말이다. 그래서 부모님에게 손 하나 안 벌리고 여
기까지 왔다. (솔직히 손 하나 안 벌렸다기에는 그동안 내
가 받은 사랑이 있으니 스스로의 힘이라고 볼 수는 없지만
말이다.)

아무튼, 금전적인 부담을 주기 싫었다. 그렇게 이사를 잘 끝냈지만, 아버지의 전화 한 통에 이미 꽤 많이 울컥했다. 몇 번 거절했지만 이튿날 또 전화가 왔는데, 더 거절하는 것도 부모님 마음이 불편하실 거라 생각이 들어 하는 수 없이 계좌번호를 알려드렸다. 그렇게 아버지는 백만 원의 돈을 보내시며, 집에 필요한 것을 사는 데 보태 쓰라는 말씀을 하셨다. 그때 잘 참아왔던 눈물이 터지고 말았다. 아직도 그 생각을 하면 지금 당장이라도 눈시울이 붉어진다. 내가 여태껏 받아왔던 사랑은 함께여서 받았던 사랑이 아니라 어디에 있던 가족이라는 이유로 받을 수밖에 없는 너무나도 큰 사랑이었던 것 같다.

선의의 거짓말

　　이사를 온 지 몇 달째, 그동안 하루도 빠짐없이 부모님과 통화를 나누었다. 밥을 먹고 있다던가 어디 나간다던가 별일은 없는지 여긴 비가 온다거나 뭐, 그런 시답지 않은 이야기라도 나누며 나의 안온을 전해드렸다.

　　사실 괜찮지 않은 날도 있었고 귀찮다는 이유로 밥을 거른 적도 많았지만, 아무 일 없다며 밥 잘 챙겨 먹었다는 거짓말을 꽤 자주 했다. 오늘은 어떤 우울한 일이 있었다고 내뱉게 된다면 그것을 걱정하게 될 부모님의 마음을 누구보다 더 잘 알기 때문에, 차라리 거짓말이라도 하자는 심정이었다. 그렇게라도 내가 안온하다는 것을 전할 수 있다면 말이다.

부족한 표현

오늘은 그러고 싶어서
마음 편히 목 놓아 울었습니다.

감사하고 사랑한다는 말로는
한없이 부족한 나의 부모님.

나는 아직 그들에겐
다 큰 어린이일 뿐

설이라는 좋은 핑계로 몇 개월 만에 가족들이 한자리에 모였다. 이미 몇 년 전부터 출가했던 누나는 항상 바빴던 탓에 명절이어도 얼굴 한번 보기 어려웠고 나는 몇 개월 전, 집을 나선 후 두 번째 방문이었다. 처음 부산집에 도착해서 며칠 시간을 보냈을 때는 답답하기만 했고 무엇을 하면서 시간을 보내야 시간이 잘 가게 될까 고민만 하다 따분함을 이겨내지 못하고 금세 서울로 다시 올라갔었다.

아무튼 설 덕분에 네 명의 가족이 모두 한자리에 모였다. 그렇게 명절을 보내고 부모님에게 세배를 하려 하는데 어머니께서 눈물을 글썽거리며 너무 좋다,라고 말씀하셨다. 한 가족이 다 같은 시간에 같은 장소에 모이는 게 누군가에게는 눈물이 날 만큼 좋은 일이다. 우리 가족이 유대가 꽤 깊은 편이어서 그런지는 잘 모르겠지만, 대부분 가족이라는 게 그런 것 같다.

아무리 시간이 지나도 부모의 역할은 계속되겠지만, 부모의 역할 비중이 줄어들게 되면서 자식은 스스로 각자의 미래를 위해 각자의 삶을 살아가기 시작한다. 그렇게 한둘씩 부모의 곁을 떠나게 된다. 매일 하는 시답지 않은 안부 전화도 특별하게 느껴지고 누군가는 그 전화를 애타게 기다리기도 할 것이다. 자식의 삶에선 평생을 함께했던 사람과의 첫 이별일 테고 아직 부모의 입장을 완전히 이해할 수는 없어 무슨 말로 설명을 해야 할지 잘 모르겠지만, 어느 정도는 예상할 수 있는 기분일 것 같다. (아마 그것보다 몇 배, 몇십 배는 더 마음이 쓰이겠지만 말이다.)

나는 부모가 되어본 적도 없고, 아직 부모님의 마음속에는 다 큰 어린아이일 것이다. 잘해야지 잘해야지 하면서도 흔한 안부 전화에 간혹 싫증을 표현하게 되는 내가, 가끔은 미워질 때도 있다. 아직은 나의 부모가 생각하는 것처럼 난 다 자란 어린이인 것 같다. 언제까지나 그들에게는 어린이로 남아도 좋다.

다시 서울로 올라가면 오늘이 가고 내일이 오기 전에 그들의 따뜻한 안부 전화에 더 따뜻한 마음을 담아야겠다 다짐한다. 새해라는 좋은 핑계 덕에 오랜만에 만난 가족은 생각보다 나를 더 좋은 사람으로 살아가게 만드는 원동력이 됐다. 그동안 해왔던 다짐을 전부 온전히 지키기는 어렵지만, 간혹 하나씩 지켜지는 다짐이 있다. 그게 이번 다짐이었으면 하는 바람이다.

나는 여전히

나의 아버지, 나의 어머니, 나의 누나.

이런 우리 가족이 좋다. 좋을 수밖에 없다.

평범하게 산다는 건

글을 쓰기 시작하고 첫 책이 출간되면서 했던 다짐 같은 게 있다. 어떤 선택으로 내 삶의 성공을 이룰 수 있다고 한들 나에게 가장 중요한 건 가족이라는 걸 잊지 말자는 다짐 같은 걸 했었다. 무슨 일이 있어도 내 곁에 있어 주었던 건 다른 누구도 아닌 가족이었다고, 수십 년의 시간이 지나도 나를 사랑보다 더 위대한 무언가로 내 곁에 항상 머물러주는 존재라는 걸 잊지 말자고 말이다.

사람은 누구나 성공이라는 큰 꿈을 가지고 살아간다. 갈망하던 목표를 이루어 성공하더라도 더 나은 것을 갈구하며 또 다른 성공을 꿈꾸는 게 사람이다. 성공을 위해서라면 가족이라는 존재들을 잠시 잊게 되는 게 그리 몹쓸 행동은 아닐지도 모른다. 하지만 그렇게 성공한다고 한들 또 다른 성공을 위해 노력하게 될 게 뻔하다면, 내 삶의 성공은 평범하게 살아갈 정도의 재력과 내 곁에 늘 머물러준 가족의 행복 정도로 마음을 굳히는 게 옳다고 생각했다.

평범하게 살자. 어쩌면 가장 어려운 게 될 수도 있겠지만 내가 바라는 것들은 얻기 위해서라면 평범한 것 이상을 바라서는 안 되고 바라지도 않는다. 지금보다 혼자 더 행복할 수 있다고 한들 나는 혼자가 아니기 때문에 혼자 행복할 필요가 없다.

인생의 어떤 순간은

인생에서 잊을 수 없는 감격이 함께했던 순간도 잊을 수 없을 만큼 힘들었던 순간도 있다. 어떤 순간이든 강한 충격이 있던 순간은 잊을 수 없는 것 같다. 내가 태어난 순간만큼이나 내게 강한 충격이 있었던 순간은 없었겠지만, 난 그 순간을 기억하지는 못한다. 이것을 기억하는 건 나의 부모님일 것이다. 그렇기에 난 이것을 핑계로 또다시 잊을 수 없는 감격에 나의 부모님을 만난 일을 넣을 것이다. 삶을 살아가는 동안 모든 감격의 순간을 느끼게 해준 그들에게 어떤 보답을 해도 모자라겠지만, 어떤 보답이든 그들에겐 무엇보다 소중한 보답이 될 거라고 생각한다.

오늘은 식사하셨냐는 진부한 말로 안부 전화를 드려야겠다. 당연하면서도 흔한 것을 시간 써가며 굳이 물어본다는 것은 그만큼의 애정이 없으면 안 되는 행동이라 생각한다. 그 어느 누가 관심 없는 사람에게 밥은 먹었냐는 질문을 먼저 하겠는가. 차라리 할 말이 없어서 밥은 먹었냐는 식상한 질문은 하는 것이라면 말이 달라지겠지만, 그게 아니라는 건 나보다 그 말을 듣는 당사자들이 더 잘 알 것이다.

나의 부모님과 함께한 모든 순간은 내 인생에서 잊을 수 없는 순간이 되어 언젠간 그들이 내 곁을 떠나게 돼도 모든 순간을 기억할 수 있기를 바란다. 아직은 겪어본 적 없지만, 분명한 것은 그날이 오면 반드시 후회하게 될 것이라는 것이다. 그러니 그들과 함께한 모든 순간이 특별하다고 기억될 수 있을 만큼 앞으로라도 잘해보자. 그게 내가 할 수 있는 유일한 효도이니까.

홀로서기

20XX년 10월 23일

부모님의 그늘 아래에서 편안하게 지냈던 시간 덕에 홀로서기를 시작한 지금, 내가 어떻게 살아가야 할지에 대한 대답을 할 수 있다. 그동안 난 부모님의 큰 사랑이었고 자랑이었다. 앞으로도 그럴 것이다. 그게 전부다. 그동안의 사랑에 보답하기 위해서라도 난 잘 살아갈 것이다. 당장 내일의 내가 어떻게 될지도, 누구보다 잘 살아가겠다는 말도 못 하겠지만, 어찌 되었건 평범하게 잘 살아 보자.

지금까지

부모님이 내게 준 사랑을

모두 보답할 수는 없겠지만,

그 사랑에 걸맞은 사람으로 살아가야지.

마치며

혼자 살게 되면 마냥 좋은 것들만 있을 줄 알았다. 설
렘과 기대만으로 가득 차기도 했고 그 설렘과 기대는 가끔
불안이 되기도 했지만 부딪쳐 볼 수밖에 없다 생각했다.
원래 안 좋은 예감 같은 건 잘 들어맞는 편이었지만 생각
한 것보다 더 많은 것들과 부딪쳐야 할 때가 많았다. 분명
꽤 많은 여유가 생긴 것 같지만 삶의 질이 올라간 것이지
여유가 생긴 것은 아니었다. 혼자 살아가려면 온전히 혼자
서 모든 것을 이겨낼 수 있는 힘이 있어야 한다는 것을 알
면서도 그래도 설마 혼자서 다 해야만 하겠냐는 생각을 했

던 내가 어리석었던 것 같다. 부모의 그늘에서 벗어나 홀로서기를 한다는 건 함께일 때 할 수 있었던 사소한 어리광 같은 것도 부릴 수 없게 되는 것이었고 그 작고 사소한 어리광이 그들에겐 무슨 날벼락이라도 떨어진 것 같게 되는 일이었다. 그래서 단 한 번의 어리광도 없어야 한다며 스스로 채찍질밖에 하지 못하는 날을 살아가야 했다. 이게 맞는 것인지 잘은 모르겠으나 홀로 서 보기로 했으니 넘어지고 쓰러져도 스스로 일어나는 힘이 필요하다는 생각밖에 들지 않는다. 혼자가 되는 연습을 자주 했다고 생각했지만 내가 여태 해왔던 혼자서 해내는 것은 새 발의 피 같은 것이었을 뿐, 생각보다 세상을 혼자 살아간다는 것은 부딪쳐야 할 것들이 많이 있었다. 이런 생각은 언젠간 추억이 될 테지만 지금은 예쁜 추억이나 만들고 있을 때가 아닌 나의 오늘을 살아가야 할 때이다. 나의 오늘을 살아가야 나의 내일이 오고 나의 과거가 추억으로 기억될 테니까 말이지. 오늘을 살아간 우리가 내일을 못 살아갈 이유는 없을 테니까. 우린 분명 오늘 하루도 참 수고 많았다.

언제 어디서든 반드시 행복할 것

1판 1쇄 발행 | 2020년 04월 16일
1판 2쇄 발행 | 2020년 10월 08일

지 은 이 동그라미
기획편집 정소연
디 자 인 박제희

발행인 정영욱
일러스트 디디디(@illustrator_ddd_)
교 정 정영주

펴낸곳 (주)부크럼
전 화 070-5138-9971~3 (도서기획제작팀)
이메일 editor@bookrum.co.kr
인스타그램 @bookrum.official
블로그 blog.naver.com/s2mfairy
포스트 post.naver.com/s2mfairy

ⓒ 동그라미, 2020
ISBN 979-11-6214-328-5

● 파본은 구입하신 서점에서 교환해드립니다.

● 이 책은 주식회사 부크럼과 저작권자와의 계약에 따라 발행한 것이므로 본사의
서면 허락 없이는 어떠한 형태나 수단으로도 이 책의 내용을 이용하지 못합니다.

● 오탈자 및 잘못 표기된 부분은 위 이메일 주소로 보내주시면 감사하겠습니다.